寻梦北长城

秦皇岛市海港区界内长城

诗词专辑

秦皇岛市海港区文学艺术界联合会 编

燕山大学出版社
·秦皇岛·

图书在版编目（CIP）数据

寻梦北长城：秦皇岛市海港区界内长城诗词专辑 / 秦皇岛市海港区文学艺术界联合会编.
—秦皇岛：燕山大学出版社，2022.12
　ISBN 978-7-5761-0412-7

Ⅰ．①寻… Ⅱ．①秦… Ⅲ．①诗词—作品集—中国Ⅳ．①I22

中国版本图书馆 CIP 数据核字（2022）第 213304 号

寻梦北长城
——秦皇岛市海港区界内长城诗词专辑
秦皇岛市海港区文学艺术界联合会 编

出 版 人：陈　玉			
责任编辑：宋梦潇		策划编辑：裴立超	
责任印制：吴　波		封面设计：郭万海　张秋实	
出版发行：燕山大学出版社		电　　话：0335-8387555	
地　　址：河北省秦皇岛市河北大街西段 438 号		邮政编码：066004	
印　　刷：中国标准出版社秦皇岛印刷厂		经　　销：全国新华书店	
开　　本：170mm×240mm　1/16		印　　张：11	
版　　次：2022 年 12 月第 1 版		印　　次：2022 年 12 月第 1 次印刷	
书　　号：ISBN 978-7-5761-0412-7		字　　数：143 千字	
定　　价：88.00 元			

版权所有　侵权必究
如发生印刷、装订质量问题，读者可与出版社联系调换
联系电话：0335-8387718

寻梦北长城
——秦皇岛市海港区界内长城诗词专辑

编委会
主　　　任：刘　军
副 主 任：孙和平　郭万海

编辑部
主　　　编：孙和平
执 行 主 编：郭万海
执行副主编：张秋实　王　澍　马小兵
作　　　序：孙继胜

序

　　习近平总书记说："学史可以看成败、鉴得失、知兴替；学诗可以情飞扬、志高昂、人灵秀。"这本《寻梦北长城——秦皇岛市海港区界内长城诗词专辑》正是史与诗的完美结合，是历史与现实的又一次对话。长城是构成中华民族的民族记忆、国家记忆和民族认同、国家认同的重要遗产。长城精神是中华民族的精神象征，是由全国民众自发组织、回归、认同、向往的历史与文化的标识。

　　诗者，天地之心。古体诗词承载着岁月的积淀，蕴藏着深厚的历史内涵，对中国人来说，是沉淀在血脉里的文化基因。让诗词走进历史，走进长城，穿越千年进行心灵沟通，回望"秦时明月汉时关""塞上长城空自许""用贤无敌是长城"的历史魅力，正是诗人和诗词爱好者对长城文化的深情表达。

　　海港区境域内的明长城，地处燕山主脉的崇山峻岭，景色壮丽，也是"蓟镇长城"中一段精华所在。其建筑形式多样，保存状况相对良好，内涵丰富。特别是板厂峪景区内的明长城被文物专家誉为"明代长城活化石"。海港区不仅拥有明长城，还保存着年代更加久远、全部由毛石垒砌的、长十余千米的北齐长城。历经数百上千年的积淀，长城已成为一种精神符号，烙印在人民群众生产生活的方方面面，影响着社会发展，反映出来的长城精神，更是一笔特殊的宝贵财富。

　　习近平总书记强调，长城、长江、黄河等都是中华民族的重要象征，是中华民族精神的重要标志，我们一定要重视历史文化的保护与传承，保护好中华民族精神生生不息的根脉。挖掘和保护好长城及长城文化，能够使人民群众触摸真实的历史，提升文化品位，加强民族自豪感、凝聚力。秦皇岛市诗词学会积极响应我市关于"长城国家文化公园"保护建设的总体部署，组织诗词骨干力量深入海港区长城开展采风创作，作者们以字作画，用古体诗词描摹了长城之美，传递了对悠远历史的感怀。诗词意境优美，言近旨远，或壮游雄关奇楼，或感悟人生百味，或抒发古今幽思，多有妙想天成之句。品味之余，可羡、可赞、可叹，因为这是对秦皇岛长城文化传承和发扬的最好体现。

《寻梦北长城——秦皇岛市海港区界内长城诗词专辑》付梓之时，恰逢长城国家文化公园河北段建设重大标志性项目和"一号工程"——山海关中国长城博物馆(暂定名)正式开工建设。秦皇岛作为长城国家文化公园建设的重点区域，必将成为长城精神、长城文化、长城沿线非物质文化遗产等特色资源的集中展示平台。本书的面世也将为秦皇岛建设一流国际旅游城市，为当代长城文化与长城国家文化公园的建设增添血肉与灵魂。

以此为序，让我们枕山襟海，读气象万千，品味长城所承载的伟大精神。

孙继胜
2022年4月30日
秦皇岛市政府地方志办公室
一级调研员、主任、编审

目 录

01 引首

18 九门口长城

30 黄土岭长城

39 锥子山长城

46 小河口长城

52 正冠岭长城

61 董家口长城

74 城子峪长城

81 板厂峪长城

94 义院口长城

102 拿子峪长城

108 花厂峪长城

119 明长城砖窑

127 明长城敌楼与券门

131 北齐长城

秦皇岛市海港区界内长城示意图①

①编者注：明长城的九门口—黄土岭—锥子山—小河口段，是河北与辽宁两省的交界地段，长城的内侧是河北省，外侧是辽宁省。长城两侧均有村庄，自清代以来互通往来。特别是九门口长城于20世纪80年代被辽宁省注册为旅游景区，而外侧的九门口古村落和附近的子母台至今仍属海港区管辖，因此关于这几段长城的诗也收录在本诗集内。

走近长城　感知风骨

明长城

明朝建国百余年后，退居漠北的元朝残余势力伺机南下，成为明代的严重边患。明朝统治者不得不在东起鸭绿江，西抵嘉峪关的北部边防线上相继设立辽东、蓟州、宣府、大同、太原、延绥、宁夏、固原、甘肃九个边防重镇，史称"九边重镇"。"九边重镇"是明朝同元朝残余势力防御作战的重要战线。明长城全长8851.8千米。

蓟镇长城

总兵初驻桃林口，后移迁安寺子峪（也称狮子峪），天顺年间又移三屯营（今河北迁西县境内）。管辖的长城最初东起山海关，西至镇边城（原名灰岭口），自增设昌平镇后，西改至慕田峪（今北京怀柔区境）。管辖的长城东起山海关，西至慕田峪，全长880余千米。

秦皇岛域内长城[1]

秦皇岛长城：老龙头—角山—三道关—九门口—娄家沟—锥山沟—金家沟—小河口—董家口—平顶峪—板厂峪—义院口—拿子峪—花厂峪—苇子峪—双楼—草原楼—背牛顶—梁家湾—箭杆岭—界岭口—罗汉洞—青山口—竭家沟—河口—重峪口—桃林口—水峪村—刘家口—河流口—冷口—龙王庙—白羊峪—小关—红峪口—擦崖子—杏树岭，秦皇岛域内长城全长223.1千米。

海港区界内长城

一、明长城：九门口—娄家沟—锥山沟—金家沟—小河口—董家口—平顶峪—板厂峪—义院口—拿子峪—花厂峪

二、北齐长城：西连峪段、鸭水河段

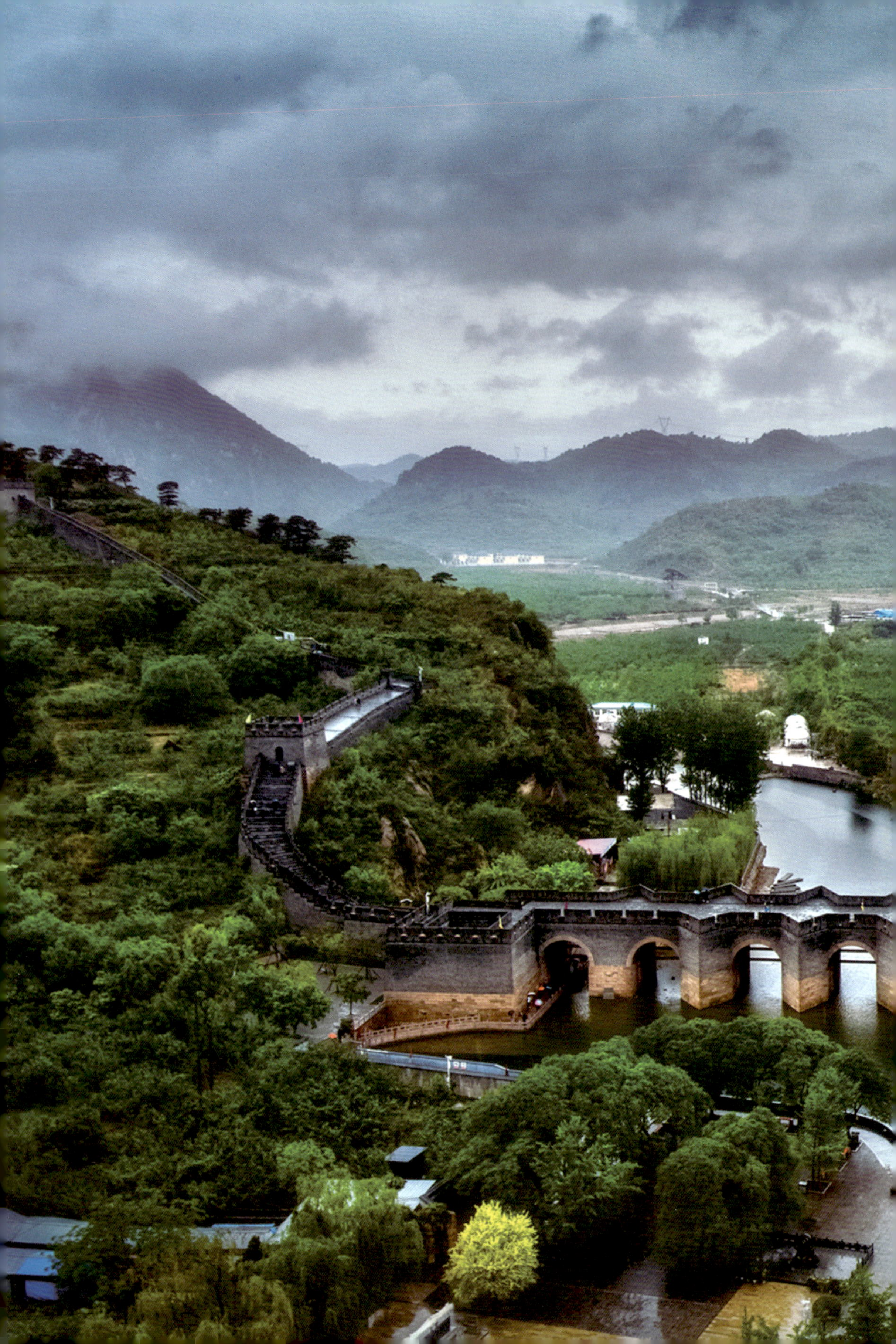

引首

董耀会（中国长城学会）

游走蓟镇长城

风雨沧桑六百年，翻山越岭度寒川。
砖石无语朝朝默，溪水有声暮暮喧。
万丈青峰长城起，千石碑刻伴书翻。
幅幅入镜存珍史，功在当今益后贤。

徐耿华（中华诗词学会）

【双调·水仙子】正冠岭感慨义乌兵修守长城

流年六百戍楼凋，旅梦三千乡路遥，人经几辈乡音撂。何曾不思归去好，为长城、业舍家抛。正冠岭上存荣耀，董家口村建居巢，百代高标。

引首

张四喜（中华诗词学会）

【正宫·醉太平】长城纪行三首

爬正冠岭

英雄气短，好汉腰酸，险途岂敢望危峦，心慌腿软。周边一片蝉声乱，眼前三二石陉断，当头多少野蜂盘，谁还整冠。

板厂峪长城

敌楼不冷，烽火犹升，远山云影隐刀兵，有闻血腥。盗匪汤姆疯来劲，岛倭神社时而横，大英帝国梦难停，愚翁醉醒。

野长城遐想

豪情夺魄，气势虚怀，墙垣百里遍山来，嵯峨未改。老松滴翠清平寨，新村如画尘埃外，戍楼守月点兵台，菊花旺开。

南广勋（中华诗词学会）

【双调·折桂令】秦皇岛海港区板厂峪长城

板厂峪、接冀通辽，幽谷生风，地远山高。小路缠绵，长城倒挂，松海翻涛。虽未见云飞雾绕，却也是壮丽多娇。想当年、风也萧萧，雨也潇潇，诗人至此，怎不折腰。

周成村（中华诗词学会）

【仙吕·天下乐】正冠岭

挥汗淋漓上敌楼，效武侯，作壮游。群峰任我布阵图。擒狼峪，杀虎口，天兵斩敌酋。

徐瑞理（湖南）

【双调·沉醉东风】正冠岭怀古

正冠岭鸡鸣冀辽，烽火台耸入云霄。有的可作房，有的能安哨。想当年全靠那马运人挑，万千郎饮露餐风日夜凿，惜当下就剩这残墙乱草。

徐泮珍（山东）

【双调·水仙子】参观板厂峪博物馆感怀

细端详活书件件记周详，不思量血泪斑斑寸断肠。恨只恨皑皑白骨无人葬，叹只叹当时只因修一墙。碎砖儿暗自心伤。长墙下，古道旁，多少代剑影刀光。

张为萍（湖北）

【中吕·红绣鞋】登板厂峪长城

山路贼拉地陡，长城倒挂着钩，嘘嘘气喘上峰头。长龙腾雾里，烽火舞台楼，可惜没见首。

韩景明（陕西）

【南南吕·一剪梅】游板厂峪长城

岭峻坡长峡谷深，上有流云，下有游人。长城倒挂月为邻，仰也惊魂，俯也惊魂。烽火硝烟早不存，花也缤纷，草也缤纷。飞泉流水似弹琴，赏醉山林，听醉蛮音。

原振华（山西）

【中吕·十二月带过尧民歌】登板厂峪长城

喘吁吁攀援曲径，杳茫茫古寺钟声。只见那山似翻涛卷浪，墙如卧虎盘龙，火山口关楼箭耸，明故垒双线环城。【带】聚双睛不断拭双睛，叹心惊无处不心惊。天梯倒挂入青冥，银练喷珠九缸倾。呵成，长城运笔行，绝代丹青赠。

【中吕·红绣鞋】题巾帼楼

登崖畔穿草径，问关楼为谁名。十二征妇驻长城，郎融城下土，妻作守城兵，楼上红装边塞景。

郭星明（浙江）

【北中吕·四换头】过正冠岭长城

高耸的峰尖风光胜，寂寞的敌台形势惊。烽燧当年胡虏靖，边关此去汉仪敬。正冠系缨，大毛山上行，抖擞文明劲。

【北黄钟·出队子】板厂峪倒挂长城赞

连峰叠嶂，日日朝霞红盛妆，巨龙一道起平冈。倒挂长城乘势仰，看我擎天托太阳。

彭福寅

长城情恋
千载烽烟国与家,砖石铁血卫中华。
崎岖万里矜天海,苦恋山川桃李花!

长城祭
华夏长城峻且坚,血和黄土肉抟砖。
千秋壁垒流青史,万里雄襟到峪关。
曜日金戈麾羽奋,凌霜铁甲马蹄寒。
男儿拼死驱胡虏,遍野梨花祭晓天。

长城忆
天开海岳启晗光,独步高墙忆杳茫。
洪武雄杰城铸铁,清廷孱弱海失防。
乌云往昔压关隘,碧浪新春奏羽裳。
澄海楼头极目望,朝暾如血烂汪洋。

长城情
燕山春满杏花开,喜唤游人雀跃来。
到了长城夸好汉,沿着堞磴上烽台。
方砖永记中华史,棘葛深谙壮士怀。
谁有柔情轻举手,敌楼垛口抚青苔!

引首

徐中秋（浙江）

长城怀古

一上长城思绪赊，如烟往事亦堪嗟。
朔风万里暗星月，暮色千年听角笳。
铁壁何曾成玉枕，中原几度卷胡沙。
古来多少征夫血，洒遍燕山肥野花。

安全东（四川）

长城二首

一

昨夜轻雷第一声，春风先我度长城。
松生涧底悠然翠，花入山中自在红。
百世烽烟随梦散，万重壁垒为谁雄。
江南塞北皆兄弟，尺布之谣不复听。

二

长城烽燧静无烟，虎啸猿啼尽渺然。
红遍雄关花列阵，翠浮远岭树极天。
云中候鸟悠悠过，塞下春风剪剪寒。
忽忆汉家飞将没，细寻白羽乱石间。

张守元（山东）

燕山长城

依山起伏白龙飞，遥见当年画角悲。
若是长城心里筑，豺狼敢向国门窥。

李源村（北京）

沁园春·长城

万里长城，托天烘日，植岭连云。看依山借势，宛如蛇舞；临江汲水，犹似龙吟。东御沧波，西连朔漠，势卷狂飙浩气伸。舒龙脉，亘炎黄傲骨，华夏精神。

劝君莫诅亡秦，忆汉抵匈奴宋拒金。叹当年战乱，创痕累累；而今昌盛，绿树茵茵。一统江山，金汤永固，枉费狂徒狼子心。国威壮，有巡空牧海，铁壁三军！

引首

梅 里

【正宫·小梁州】"九一八"历史博物馆沉思录之长城抗战

幽燕城下血如汤,满目苍凉。张家小子假攻防。红楼逛,怀抱大烟枪。【么】拔刀奋起装模样,说去救东北爷娘。原在想,谋私账,重招旧党,回梦里天堂。

郭万海

念奴娇·咏秦皇岛境内长城

宏开画卷,展燕山一脉,长城风骨。漫漫九边封蓟镇,风采恁夸东路。饮海龙头,雄关虎踞,西跃峰和谷。今来古往,史痕佳话无数。　梦回往昔烽烟,箭楼隘口,几曲边歌赋。代换朝更息战火,内外共骧风物。华夏辉光,图腾景象,共赏龙之舞。碣石瑰宝,此魂天下同铸。

马小兵

念奴娇·长城情

凭高远望,览长城神韵,无边龙气。自古兵家金鼓震,烽火连营千里。热血楼台,寒衣父老,谱下英雄曲。江山如画,载回华夏奇迹。　触处故垒陈墙,畅今怀古,换了新天地。敢把精神酬岁月,万象乾坤开启。四季闻歌,八方仰颂,无限登临意。梦随心远,素情直上云际。

李志田

长城

万里长城横北边，雄姿屹立两千年。
纷争原本一家事，内外皆为华夏天。

景海昌

秋日登长城

荆深葛乱草披离，四野黄花烂漫时。
断壁西风鸣戍角，烽台远树动旌旗。
疆凭一线分南北，业岂千秋掌盛衰。
秦月犹然霜色冷，谁人尚见虎狼师？

王应民

沁园春·秋日登长城抒怀

广宇凝蓝，峭岭摇红，尽慰此心。更长城断续，八方留梦；危石敧正，几度惊魂。脚踏丛棘，手攀立壁，世内身沾世外尘。临绝顶，且狂舒双臂，劲遏寒云。

风流可有谁人？抬望眼高声问古今。笑残垣荒草，枉添气象；空楼余照，怎续风神？剑影平消，狼烟远逝，唯有江山万古存。凭肝胆，步重霄摘月，再叩天门。

郝泽英

长城

一墙万里锁关山，半隐苍穹半隐烟。
雉冷堞残遗史册，峦晴雪退著新篇。
干戈已已雄风在，海岳融融伟业担。
最羡砖陈魂不老，披尘揽月领春还。

张英杰

万里长城

蜿蜒万里遍神州，卫御家国自古留。
寸土挥金铭史记，片砖聚泪写春秋。
曾经战场拼杀苦，亦有黎民弃枕忧。
见证民族兴败事，雄关伫立傲全球。

引首

马玉清

访长城

斥堠连绵北望长，归鸿一瞥没苍茫。
随峦就势亘今古，浴火迎新贯雪霜。
行处闵风拂面过，几家石券用情妆。
铁花缠满云如意，安嵌门条寓吉祥。

引首

引首

蔡志民

初春登长城怀古

一贯东西万里遥,闲来携友探明朝。
风欺界岭花难盛,云冷边关雪不消。
砖缝松难仍挺劲,墙头草弱竞招摇。
坚城破败非年久,唯叹人心未筑牢。

杨贵泉

春日走古长城书感

一

寥落山花向日开，危巅千仞不飞埃。
长城云里留残迹，汉瓦秦砖活过来。

二

一线飘摇入杳冥，乱山深处暮云横。
历经风雨知多少，断壁残垣诉有声。

引首

引首

王泽生

走长城

敢为攀登惜此身？燕关险隘最雄浑。
前朝只在文章忆，故垒难敌风雨侵。
三五豪杰名贯耳，万千工匠骨成尘！
行来步步沧桑史，世代流传说到今。

才大永

排律·春日长城抒怀

沥血弥膏洇紫塞,腾龙驾岳起层台。
潜鲸东探沧溟水,飞翼横蒸陇上埃。
陈迹登临云漫漶,重峰纵目意徘徊。
积年铸得干城赫,淫雨淘归瓦砾灰。
八百里平姜女怨,几朝人见佩环回。
幽王举火红颜笑,飞将封侯铁树开。
鲁缟犹存非弩钝,胡蹄迟步是筋颓。
冲冠一旦关山废,左衽遗民万事哀。
须信怀柔能致远,应知守势不禁摧。
按搓弹洞蹒跚去,提振书生跋涉来。
草径暄妍摇日影,国图带砺酹春杯。

九门口长城

据地方志记载，九门口长城始建于北朝（479—502年），扩建于明1381年。明代以前，这里是重要的军事关口。明万历五年（1577年），有人在九门口长城西城门额上题写"京东首关"。九门口长城被人喻为"天下第一口"。

九门口长城，亦称一片石长城。距秦皇岛市山海关区15千米，距秦皇岛市20千米，全长1704米。其南端起于危峰绝壁间，与自山海关方向而来的长城相接。自此，长城沿山脊向北一直延伸到当地的九江河南岸，在宽达百米的九江河上，筑起规模巨大的过河城桥，以此继续向北逶迤于群山之间。"城在水上走，水在城中流"便是人们对九门口长城的形象描述。

子母台

九门口是明长城重要关隘之一，历来是兵家必争之地。2002年11月18日，九门口长城被列入世界文化遗产。九门口点将台位于海港区驻操营镇九门口村村西200米，是长城沿线仅存的一个点将台，由大小两个墩台组成，又称子母台，是明代初期九门口长城沿线重要的防御体系之一。在点将台上，一棵数百年树龄的油松已和点将台混为一体，被称为点将松，苍劲的树冠怒向天空。

九门口长城

九门口长城

刘 章

大写明长城
烽火台前古寨中，闲谈明将筑长城。
戚家军壮山川色，岂赖刻碑留姓名。

贺新郎·九门口长城

万里云烟渺,望眠龙,沉沉卧雪,忽闻腾啸。谁令九门箍喉扼,如许天工绝妙?却怎挡,昏君无道!自毁长城肱股折,起农军,偏觑圆圆俏。亡大义,恨难了。

雄关又见斜阳照,浪滔滔,沉沙断戟,哪堪频找。飞步登高方欲唱,颓壁偏疯野草。唯热血,盈吾怀抱。四海一家逢盛世,便无城,自有雄兵浩。谁敢犯,尽横扫!

九门口长城

韩晶（辽宁）

九门口感怀

长城万里势巍峨，锁钥雄关故事多。
一片石铭清将勇，九门口记闯王折。
狼烟已逝心遗迹，金鼓停喧梦涌波。
昔日兵家征战地，今朝碧水唱新歌。

范岭山

九门口长城

越岭横川骏气盈，枕辽卧冀敢称雄。
九门口映河中月，一片石托水上虹。
跨涧修关成险障，依山借壁铸藩屏。
饱经战火摧残后，盛世还春享太平。

高庆环

九门口长城

碧绿清波石上流,飞龙横跨水中修。
长河滚滚穿门过,远景茫茫任客求。
断壁残垣说古事,雄关漫道赏今秋。
兵家历代必争地,掩映砖墙林果稠。

刘家公

九门口长城

京东峻岭险峰间,水上长城两岸牵。
九孔券门连内外,八尊砥柱立坤天。
行洪季候皆桥洞,枯水时节亦塞关。
近古兵戎相见地,而今赏景客空前。

亢淑琴

九门口长城

两段长城结此门，钢筋铁骨筑基根。
激流九孔奇观现，百岁沧桑举世闻。

李志兴

风入松·九门口长城祭

朔风抽打万年松。枝叶倍繁盈。九门口外枪声骤，战火燃、犹现眸中。严守死防城堡，战则赢义乌兵。

烽烟硝火怎心平。城板刻英名。心胸牢记先驱愿，党旗飘、圆梦行程。宏志高歌勤进，墓前尊祭精英。

郑舒萍

九门口长城

飞桥跨冀辽，向北九江瞧。
一片石鏖战，九门口运调。
开掘内侧场，暗锁外围碉。
自古兵家地，今朝分外娇！

郝泽英

九门口长城

九门更比剑门雄，一片石关锁两京。
翠谷平添龙脉水，青岚不掩雉堞峰。
穿观世界何淫雨，尽望神州是锦城。
铁马金戈分向背，斯民汗简已修成。

张和谭

九门口长城

硝烟散尽宏关现，耳侧犹闻战鼓声。
一片石前直奉战，九门口下努袁争。
神奇隧道藏千勇，雄伟水关无二城。
万马奔腾今不见，人山人海旅游兴。

注：努袁争，指努尔哈赤与袁崇焕在九门口大战。

张红燕

临江仙·九门口长城

九门溪流波浪涌,沧桑百代葱茏。横川翻岭骏骁雄。攀登垛口,昂首望高峰。 跨涧修关成险嶂,靠山依壁苍穹。郊游遗迹颂先翁。后人齐力,华夏更昌隆。

王会东

浣溪沙·晚登九门口水上长城

越涧出云旧水城,沧桑百代亦恢宏。高攀垛口忆曾经。 塞上高峰积朔雪,风中壮士挽雕弓。胡尘退去绮霞红。

王振和

九门口长城

片石铺河底,烧砖铸陡城。
溪流穿孔进,客子傍山行。
慨叹烽烟地,流连锦绣坪。
喜看繁胜似,古隘焕新生。

孙永祥

水调歌头·一片石怀古

边野九门外，血色坠残阳。几曾铁马归梦，萧瑟弄国殇！犹叹煤山吊影，猎猎八旗漫卷，大顺跨红墙。试斩吴三桂，捉鬼问无常。 登关隘，眺海树，踏茫苍。共和华夏，千古祖业莫分疆。人好天成相守，谋定百年局变，挽紫禁朝纲。借力凭长风，鹏举正兴邦！

刘家公

一片石长城

九江河上九门口，块块条石铁水粘。
雨季湍流抱团御，长城永固傲山间。

董金凤

一片石长城

始建北齐重建明，山前水上筑长城。
开通一隧军需隐，排列九门激战迎。
历尽千秋经易帜，遗留数器探兵争。
当时修塞安边计，今日依然气势雄。

钱吉峰

一片石长城

百米条石铸铁床，七千巨阵垒基墙。
飞弓横跨江流远，稳盾纵隔山岭长。
列坐狭关听日月，遥观战火念家乡。
奇工妙手宏图业，无尽忧思励安邦。

于清侠

一片石关

古口巍峨守老边，凌寒浴暑几千年。
蜿蜒江水披岚幕，伟岸长龙跨岭巅。
侧耳莺声松海阔，凝眸蝶影百花鲜。
初临乐赏瑶池景，不免高歌荡九天。

王泽生

忆孙承宗一片石

叠嶂霜风夜未阑,当窗明月已西偏。
黄石箧里筹宁远,白发丛中梦燕然。
忧乐皆由天下事,安危全系眼前关。
上苍之意深难测,唯献臣心一片丹。

王振和

咏一片石长城

迤逦穿行翠色间,风霜寂寂卧千年。
九门水越溪流涌,一片山青桧柏连。
怅望时光思旧事,筹谋发展启新篇。
畅游遗迹何其幸,助力秦皇更向前。

黄土岭长城

黄土岭有小堡和关口，小堡位于现在的黄土岭村，残迹无多，据说有小段的东墙南段和南墙东段，总共不到60米的石墙和部分残基，为明万历年间修筑。关口位于长城线上一处垭口，堡关相距1千米。另外，在村东还有一段不到40米的早期的长城遗址，以及在长城东面的早期石砌敌台。

黄土岭战斗

1939年10月下旬，日军华北方面军共2万余人，分多路对晋察冀抗日根据地北岳区进行冬季"扫荡"。晋察冀军区第1军分区司令员兼政治委员杨成武决定在黄土岭东北上庄子至寨头之间狭谷伏击日军。遂以第1团及第25团一部并加强第1军分区炮兵连占领寨头东南、西南高地；第3团占领上庄子东南高地；第2团占领黄土岭东北高地；特务团由神南庄北进，从黄土岭东南方向加入战斗。10月7日，经数小时激战，日军被歼过半，余部被压至上庄子附近狭谷底部。当夜，日军残部连续突围10余次，均被击退。黄土岭、雁宿崖战斗，是晋察冀军区在抗战史上取得的一次空前的大胜利。据统计两次战斗共歼灭日军1500多人，缴获大量的军用物资。

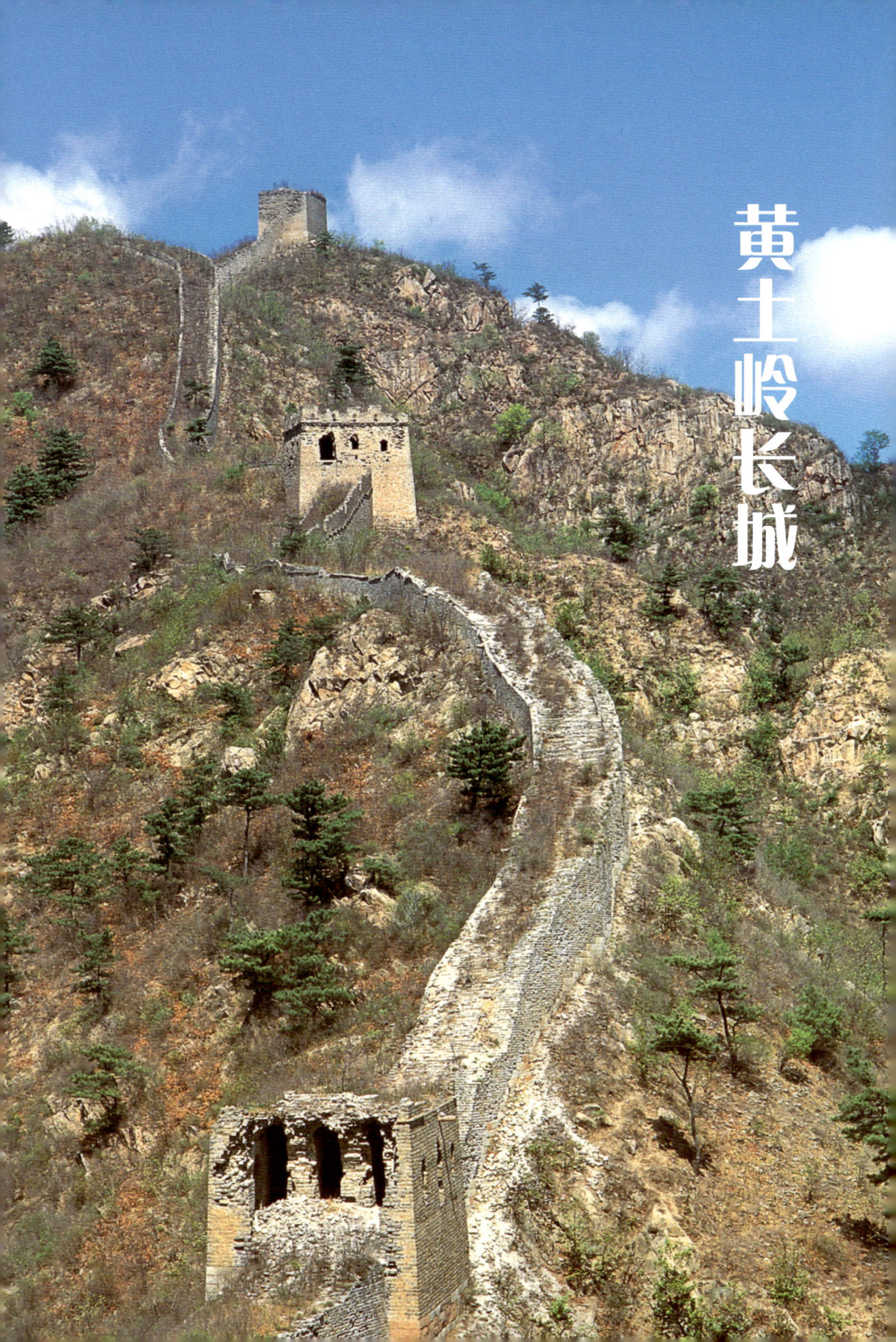

黄土岭长城

马小兵

游黄土岭长城

虽说一脉筑城垣,也过长坡土岭边。
古体遗痕墟里隐,零砖散跺木镶间。
敌楼暗堡藏身处,半壁酥墙入眼帘。
触景追思寻往事,犹闻铁鼓起烽烟。

刘家公

黄土岭长城

绵亘巨龙腾险峰,雄威依旧壮豪情。
箭楼耸列仍值守,何惧劲敌号叫声。

王振和

咏黄土岭长城

黄土岭前观旧迹，时空转换历沧桑。
巨龙一道蜿蜒去，绿树千峰翠黛昌。
回味当年燃战火，细思今日起新芳。
人间几度悲欢事，铸就长城万古扬。

井赞芬

长城怀古

古道蜿蜒万里横，巍峨天险贯西东。
苔砖块块藏神话，史页篇篇凝血踪。
墙角仍存烽火迹，城头似响铁戈声。
蓦然回首苍茫处，探海龙头正啸风。

范岭山

长城

重霄俯瞰见长龙，转岭穿云举世惊。
饮海浴沙雄万里，迎霞送日卧千峰。
墙堞曾照秦朝月，关隘更兴明代风。
尽阅沧桑经百战，是非功过后人评。

黄土岭长城

孙永祥

念奴娇·为纪念长城抗战86周年作

春花秋月,雀曾落,鸿过,可知零涕?此恨热河悲拱手,嗟叹边墙哭泣!息鼓坟茔,偃旗弓箭,铁马危关系。伤心天阙,相争堂庙兴替。　　羞忆少帅持符,丢盔谪贬,后敬之为继。血肉叠崖接隘要,绝顶横刀雄起。弹雨冲天,枪林拔地,荡寇凭豪气。燕然无勒,昆仑来塑忠义。

魏运春

长城

万壑千山卧巨龙，凛然铁骨气恢宏。
口衔渤海吞急浪，背向青天傲太空。
尾扫残云敌丧胆，士传烽火将从容。
锋镝佑我千秋业，华夏复兴屡建功。

高庆环

咏长城

高天万里见真容，宛若腾飞一巨龙。
血汗滴滴浇灌筑，砖石块块打磨成。
人民智慧千国赞，华夏精神万古赓。
暴雪惊雷倾泻雨，巍然屹立傲苍穹。

黄土岭长城

李凤楼

古长城咏怀

山脊峰巅挺巨身,残台断壁刻风云。
金瓯破碎狼烟烈,攘寇保家战火纷。
雨雪冰霜磨劲骨,秦砖汉瓦蕴雄魂。
今虽华夏平安世,怎忘鹰豺灭我心。

风入松·古长城敌楼咏怀

敌楼峰顶屹千年,风雨刻纹斑。青砖龟裂残垣断,伤痕累,面目何堪。靓体华光难觅,唯余傲骨弥坚。

沧桑翻覆是人寰,岁月写遗篇。高台烽火君王梦,只赢得,百里清边。放眼今天塞外,山村袅袅炊烟。

白慧云

走长城

蜿蜒界岭卧长龙,欲舞腾云向碧空。
万里雄关截北漠,千秋堡垒守孤峰。
狼烟燃尽英雄泪,伟业岂唯王者功。
且看今朝归大统,谁知那日战袍红。

刘淑文

长城行

滚滚风云古道中,险峰回望一重重。
残垣鉴证前朝事,故垒犹闻铁剑鸣。
旱水关头铭国耻,月城堡底悼英灵。
谁言过往皆如梦,撼动豪情尽在胸。

张学敏

登长城有感

饱受风烟犹傲骨,群峰环绕势惊龙。
万夫血泪千秋业,一帝干戈霸主功。
马踏山前徒有恨,刀挥城上亦悲鸿。
百年尝尽诸般苦,守土还需国运隆。

贲春艳

走长城

群山顶上影雄观，怀古临风故垒前。
杂草丛生埋野径，残砖静立数流年。
无忧飞鸟不识界，遗恨征人难定天。
望断蜿蜒天际处，浮云见过旧硝烟。

张大一

鹧鸪天·登长城有感

岭上今来作史观，前朝旧事几成烟。青山口外西风烈，旱水关前画角残。　思过往，忆从前，倭贼刻字成楼间。何当三尺龙泉剑，万驾长车踏贺兰。

锥子山长城

锥子山长城全长22455米，始建于明洪武十四年（1381年），历经多年风雨侵蚀、多次战争洗礼，仍较为完好地保存下来。它蜿蜒于燕山余脉的崇山峻岭之上，威武雄壮，敌台林立，是万里长城的重要组成部分。2006年6月10日被列入国家级重点文物保护单位。

锥子山长城是辽东镇长城和蓟镇长城的汇合地。集三道长城为一体，气势磅礴，"三龙聚首"的壮观景象在万里长城里独有。向南经九门口可直达山海关，向西越大毛山，出河北抚宁，通向北京，向东经蔓芝草、金牛洞，通往丹东鸭绿江。

锥子山长城建筑形式多样，辽东镇长城砌筑于山势险要之处，多采用石结构或以山险为墙，蓟镇长城则为砖砌。一块城砖印有"德州秋班营造"字样，另一敌楼内存有《椴木冲楼题名记》碑，为长城文物研究提供了珍贵历史实物资料。

锥子山长城所处山势险峻，峰峦叠嶂，雄壮威武，蜿蜒曲折。作为中国古代重要的军事防御体系的重要组成部分，锥子山长城是古代长城建筑的典范，是中华民族文化遗产中一颗璀璨的明珠，对于研究明代长城的功能和建筑思想，研究古代军事防御体系有着重要的意义。

锥子山长城

郭万海

读锥子山长城

神锥傲立势如钟,脚下危楼证大明。
莽莽九边执两翼,沉沉一脉走三龙。
曾经旷岁烽烟扰,几度开天社稷平。
更喜逢春多烂漫,奔来眼底尽和风。

锥子山长城

范岭山

锥子山长城

高台雄踞众峰巅,虎视群楼至海关。
一柱凌云连蓟镇,三龙汇首聚锥山。
逢崖借险奇绝峻,就地掘石朴易坚。
风雨千秋存旧迹,今人到此叹非凡。

景海昌

长城怀古

堪怜几许风云助,故垒空余叱咤形。
寻遍长天三五点,寒鸦不是海东青。

锥子山长城

马国华

旧长城

知风知雨亦知年,寂卧群山峻岭间。
当日厮杀犹在耳,而今凭吊勿多言。
砖石老去新足至,花草重生旧味还。
喟叹声中思故事,千秋不过一支烟。

梁士英

长城

眼望千秋渤海水,身藏万里北疆云。
守家护土屯兵将,扎寨安营荫子孙。
遍体疮痍魂魄在,满墙苔藓脊梁存。
江山不再分南北,留与后人鉴古今。

亢淑琴

咏长城

翻山越岭气如虹,恰似神龙日夜行。
发怒腾飞驱外寇,安祥温顺保联盟。
千年遗址今依在,万载国魂唱大风。
傲骨铮铮鸣海外,征途不惧跨高峰。

王永富

沁园春·长城颂（通韵）

崇峻巍峨，绵延万里，豪气冲天。问古今中外，争锋谁与？五湖四海，亮剑独宣。城角声哀，敌楼号勇，威震蛮夷吓契丹。狼烟起，看箭飞炮吼，犯寇逃迁。

沧桑往事如烟，一件件、催人志更坚。有传说长卷，颂歌短曲，恢宏轶事，壮丽诗篇。华夏荣光，先人智慧，感叹之中思重担。强国梦，必同心勠力，指日圆全。

张大一

登长城有感

成败兴亡几替更,青山还共水盈盈。
金瓯永固烽烟事,何惧长城万里空。

李丽娜

走长城

春寒料峭上敌楼,脚踏崎岖石点头。
欲向青砖寻历史,高台见证几多愁。

锥子山长城

小河口长城

小河口长城始建于明洪武十四年（1381年），长约8.9千米，有敌楼31座、战台18座、烽火台14座。辽东长城、山海关长城、北京长城从三个方向呈丁字形排列汇集在这里。小河口是其中最重要的关隘，历史上曾两度遭受蒙古骑兵侵扰，封存了许多历史故事。这里群山峻岭，山势险要，人迹罕至。两山夹一沟，长城扼守水关。这里的原始森林景观自然和谐，长城被森林掩映，敌楼上长着百年青松。由于雄踞于险峻的山岭，气势雄伟，所以又有"第三八达岭"之称。令人赞叹的是，这里的敌楼门窗都雕刻着精美的花纹，具有独特的阴柔之美，被专家学者称为"女性长城"。

长城五连台

从锥子山到小河口中间有一段五连台，是五座连在一起又独立建在五座小山峰上的敌台。穿越五连台，要上山下山反复五次，而且是没有台阶的荒山，上山相对容易，下山极其危险。远处望去，蔚为壮观。

小河口长城

郭万海

小河口长城之五连台

石拓砖摹蔚大观,青峰顾盼五台连。
擎天拔地同高迈,举手投足并暑寒。
箭口弦声吞旧野,券门花语悟穷年。
墙边两省分春色,气韵接云入画眠。

范岭山

小河口女性长城

山深林密人罕至,扼水修关御寇侵。
将帅布防增士气,妇孺参守稳军心。
城楼尽具雄威势,战地偏呈女性温。
栱框雕花祈瑞佑,饱经风雨迹犹真。

刘家公

小河口长城

举家戍守卫国情，窗框拱门纹刻精。
菡萏缠枝柔婉美，媳妇命作箭楼名。

王会东

登小河峪烽楼之八角楼

跃上雄巅酹戍楼，犹闻壮士讨胡酋。
高临万嶂悲白发，心上忽生一缕秋。

小河口长城

小河口长城

郑舒萍

长城壮哉

宛若游龙奔大荒,胸怀坦荡挺脊梁。
千年苦难情佶烈,万代荣兴骨劲强。
御寇秦砖功利稳,威风汉瓦道行张。
民族魂魄撼天地,遨逸凌霄向远方。

魏书文

鹧鸪天·咏长城

天下一关势若虹,绵延万里向西行。嫦娥遥看凡间事,寰宇频出龙体形。 光史册,沐春风,自然遗产靓苍穹。游人络绎登临醉,赞颂中华古典兴。

李志兴

心中长城

巍峨刚毅映苍穹，蜿绕云情赤巨龙。
风雨千年虽露损，起伏万里但峥嵘。
檐墙砌垒劰精技，峰燧燃烧警报鸣。
秀岭崇山泼墨画，震天骇地世人惊。

王永富

登长城有思六首

一

崇山峻岭卧飞龙，傲视边陲气势宏。
抵御蛮夷长堑外，中原稳治得繁荣。

二

绵亘西域起辽东，伟塞千年举世雄。
天上诸神终不信，人间竟有恁长龙？

三

千古长城千古殇，黎民血肉筑边墙。
喜良尸骨充石料，寡妇谁说只孟姜？

四

圣旨出宫筑堑壕，民脂耗尽耗民膏。
官鞭催打何如死，父辈工活儿继包。

五

筑塞山头有甚功？今时姑且挡轻风。
高飞火炮三千里，守土还需子弟兵！

六

封关锁境自中心，未免遭敌屡犯侵。
外埠文明诚可效，学长补短鉴别循。

正冠岭长城

正冠岭长城，也叫大毛山长城，是长城防御体系中的一部分，原用于屯兵及生活住所。随着岁月的流逝，城堡早已失去了早年的作用，城中的居民也搬了出去，坚固的石墙是一段过往时空的载体，向后人陈述着往日的辉煌与荣耀。

正冠岭，横跨辽冀两省，坐落于河北省秦皇岛市海港区董家口村与辽宁省葫芦岛市绥中县西沟村交界之地。在中国古代，长城以北多为游牧民族，这些牧民经过此岭进入长城以南的汉族地域时，都会在此处正冠整衣，修整仪表，正冠岭由此得名。

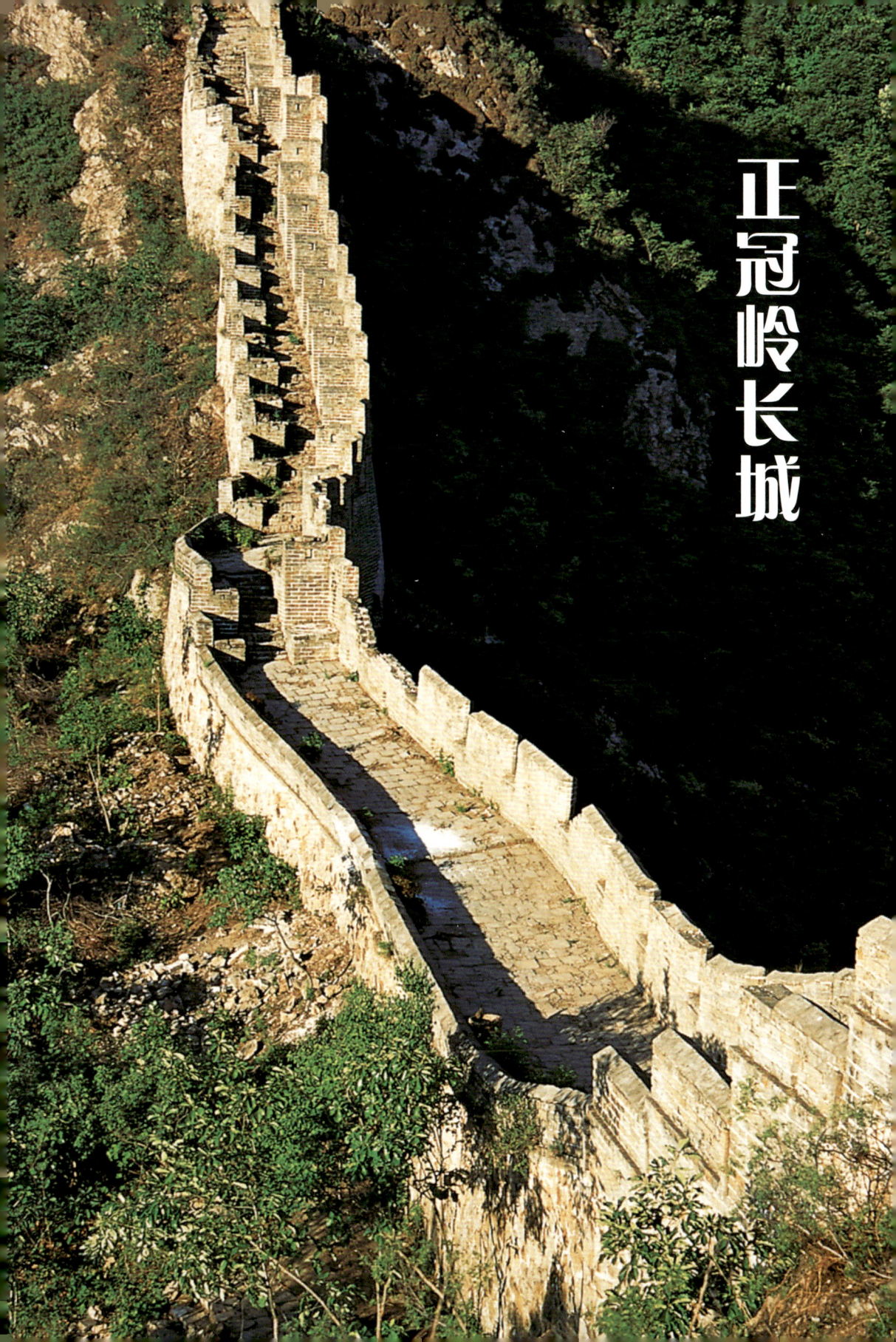

正冠岭长城

马小兵

咏大毛山正冠岭长城

巨龙百转向幽燕,驾雾腾云跃正冠。
气势磅礴冲老岭,雄姿威猛闯毛山。
烽台楼体横垣固,神韵诗情古道牵。
铁骨红墙凝血脉,遥观华夏路通天。

孙玉梅

大毛山长城券门

石拱浮雕镂彩云,迎辉日月顿开门。
松涛啸聚藏龙虎,垛口延绵醒古今。
不了阴阳平世事,长存天地固城根。
明珠美誉千年立,博大民族道慧深。

正冠岭长城

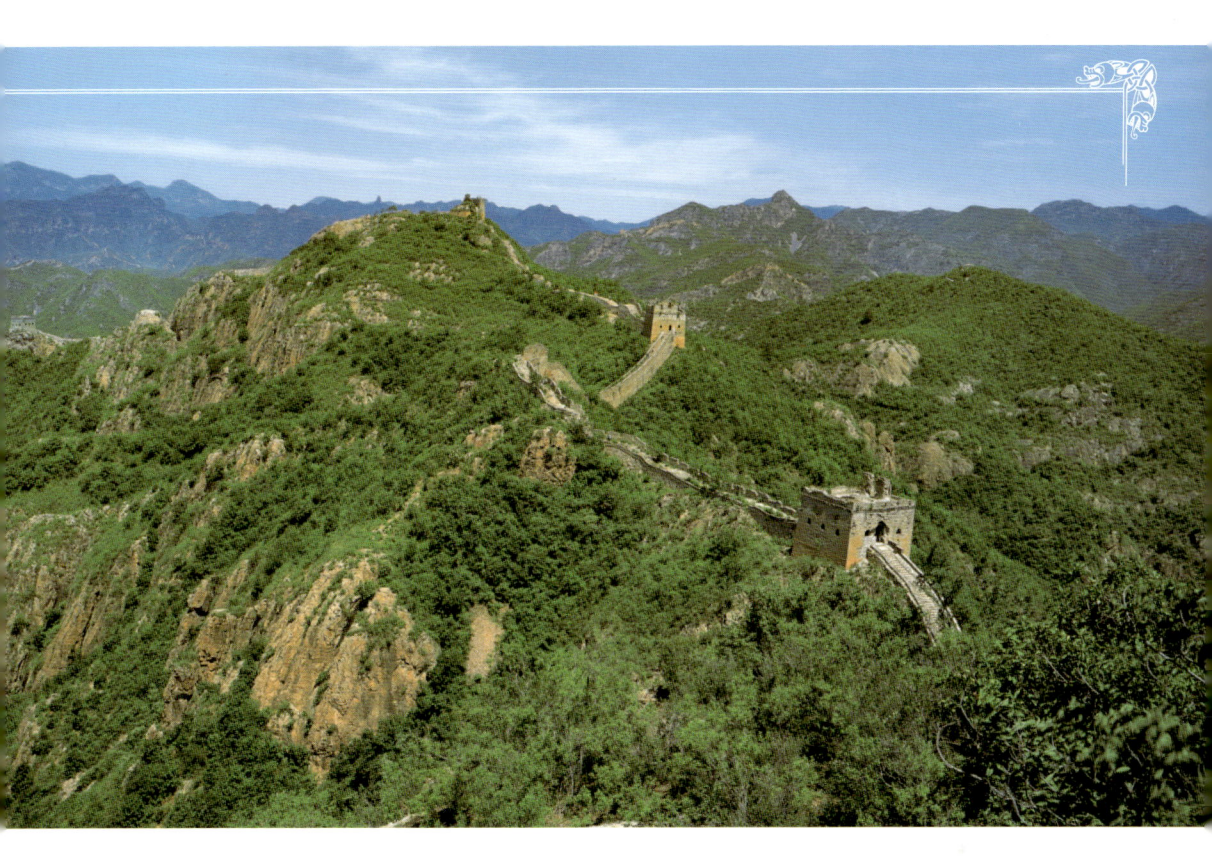

孙永祥

破阵子·正冠岭记忆

秋点兵时立马，危楼高耸悬崖。千嶂九边拔万仞，一路悲歌天地来。沙场折戟埋。　谁是长城好汉？厮杀几落尘埃！将相王侯凭叱咤，黎庶提心上祭台。抛头为壮怀。

刘家公

大毛山口长城

山高隘险断狼烟，完好敌楼耸岭巅。
纵览古今多少事，太平世界庶民安。

正冠岭长城

正冠岭长城

城墙垛口镶白玉，底座红石起箭楼。
塞外风光添异彩，世人仰慕正冠游。

亢淑琴

大毛山长城

敌台完整箭楼全，精美浮雕古韵传。
可赞先人皆巧手，明珠璀璨绣河山。

正冠岭长城

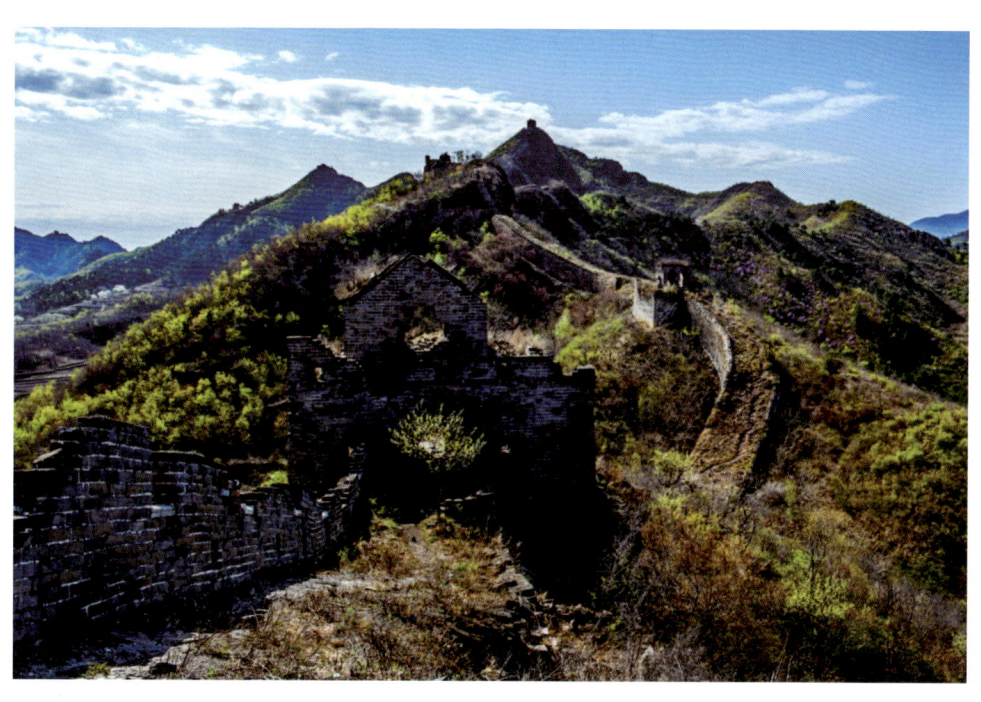

李广庆

游大毛山长城遗址
攀山登顶探奇观,古寺禅房堡堍垣。
俯视悬崖惊涧壑,千年巨筑忆悠然。

王振和

咏大毛岭长城
沧桑遗迹存,岭岭有残垣。
凭吊前朝事,详言祖辈魂。
人间千载去,野陌百花繁。
袅袅烟消散,悠悠古堡门。

正冠岭长城

咏正冠岭长城

正冠岭上正衣冠，感念先人守业难。
构筑长城悬壁障，绵延大汉护平安。
乾坤倒转时光尽，岁月流留雨雪寒。
千载风霜吹野陌，几多繁盛化心酸。

祁明静

走长城五首

一

乱壁残墙荒处行，羊肠小路隐其中。
青砖历数前朝事，几百年来说不停。

二

崎岖鸟道路难行，手脚并爬眼紧盯。
犹叹当年千万险，几多血泪筑关城。

三

荆棘丛里步难趋，坡陡路长人更疲。
脚底出溜身不稳，跟头把式往前移。

四

敌楼破败雨风欺，耳畔杀声犹似急。
鲜血几将山尽染，春来城上子规啼。

五

蜿蜒望处共天齐，每叹兴衰复往昔。
几许沧桑逐日月，一年芳草又萋萋。

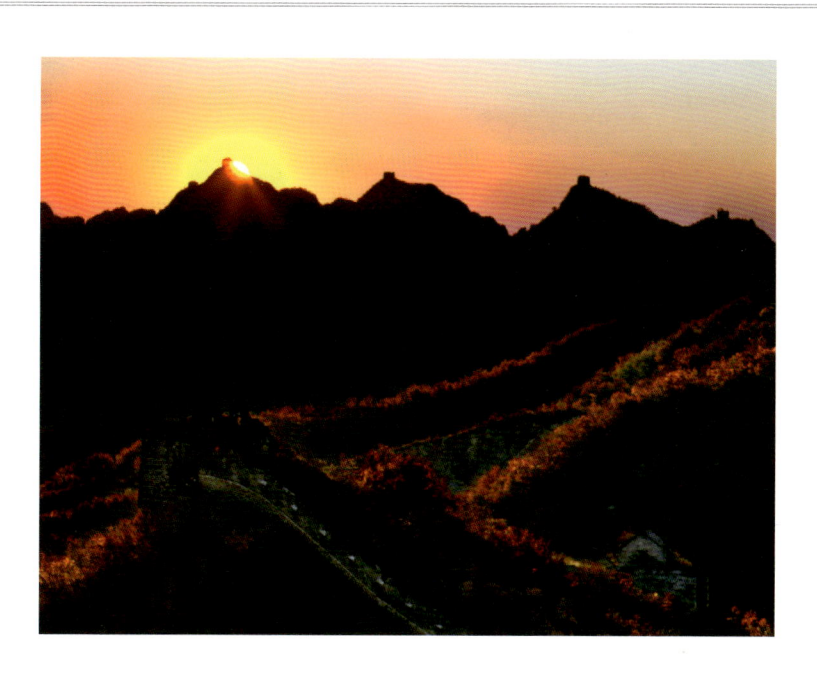

张玉萍

题古城墙

残垣断壁亦称雄，一寸青砖一寸功。
垛口曾经擎利箭，城门依旧挂长弓？
石阶犹洒离人泪，马道平添战士风。
自古烽烟燃故事，如今皆在史文中。

李军辉

满江红·长城赋

终踏长城，平夙愿、痴心忐忑。遥万里，长龙盘踞，险关横卧。回首狼烟余烬冷，驻足贼寇猖痕恶。血气涌、华夏已腾飞，谁欺我？　　仰垛口，禽鸟慑。临险隘，千川贺。看神州威武，丈楼阡陌。拍遍城砖追历史，搜绝好句讴国策。怎能不、高赞好山河，中国魄！

钱 雨

家乡长城

迎风傲首似有情，盘踞神州守太平。
千古风云经烈火，万年霜雪竖威名。
悬空羽鹤翩翩舞，斜卧苍松静静听。
淡墨轻描一梦远，犹闻战场喊杀声。

仇丽娟

长城

蜿蜒静卧阅沧桑，烽火御胡青史藏。
万里雄风今尚在，千秋华夏铁脊梁。

正冠岭长城

董家口长城

　　董家口长城耸立在河北省秦皇岛市海港区驻操营镇东北部的崇山峻岭之上，距秦皇岛市区38千米，是明代军事名将戚继光上疏修筑的蓟镇长城的重要关塞之一，护卫"天下第一关"——山海关关城的北翼要塞。在突兀险要的山岭上，筑有36个敌台、28个战台、16个烽火台，全长8.9千米，最高处海拔556米，还筑有3座城堡。除了城堡外，其余部分都保存得相当完好。这一带长城依陡峭的花岗岩山脊而建，蜿蜒曲折，气势磅礴，纵深防御军事设施完备，烽火烟墩遥相呼应，全方位、多层次地展示了明长城军事防御体系的独特风貌。

　　据史料记载，董家口长城是在原北齐长城的基础上重修的。董家口长城建筑形式多样，气势不凡，特别是李家楼、陈家楼、耿家楼三座敌台入口的券门条石上的雕刻，每一幅都栩栩如生。董家口长城保持原有历史风貌的程度是国内其他段长城无法企及的，而且数座敌台石券门上的造型雕刻也为国内仅有，究其渊源是修筑长城的戚继光将军带来的南方文化在中国北方的具体体现。

董家口长城

朱志国

董家口长城
百尺当年在备胡,沧桑历却一如初。
不惟今日成标本,还为中华壮禹图。

董家口长城
董家口处久思量,跃上谁能不兴长。
百样浮雕惊鬼魅,千秋面貌傲沧桑。
当年缔造碑犹在,此日摩挲情未央。
凭垛临风堪一笑,中华智慧闪灵光。

郭万海

长城村采风有寄

一

风雨凄凄百丈楼，曾经铁马赴恩仇。
关山几越抒慷慨，又化国魂壮九州。

二

城防隘口夜屯兵，调取江南万户营。
烽火传薪迎日暖，更埋忠骨伴山青。

三

边城遗爱几村庄，世代屯耕度岁长。
问祖江南衔旧脉，戚军故里又重光。

四

海气接云四望新，马龙车水赴山村。
长城善解登高意，笑把沧桑济子孙。

马小兵

董家口媳妇楼

寻亲千里到边城,初见郎君遇险情。
急报敌台倭寇入,速传信令我军中。
身着暗箭难成任,手举炬烽妻送承。
唯有豪情多壮志,义乌儿女更英雄。

刘家公

清平乐·董家口的长城人

烽烟早散,极目长城险。倒挂岭巅飞鸟断,云掠箭楼隐现。　抗倭骁将留名,堡中后裔痴情。守望古垣关塞,爱国矢志由衷。

石淑琴

董家口长城

秋雨淅淅吻落花，观城读史古天崖。
敌楼顶戴层层雾，垛口肩披缕缕纱。
击鼓咚咚犹在耳，鸣金阵阵即开拔。
于今重器成风景，经古方砖教育家。

高庆环

董家口长城

悬崖峭壁舞翩跹，护卫咽喉山海关。
才忆昔时烽火起，却迎今日杏花妍。
戚家壮士曾经守，明代浮雕恒久镌。
络绎游人抬望目，争相妙语话当年。

王时清

董家口长城

残垣断壁烽火台,明瓦秦砖墟半埋。
古迹千载功与过,长城不倒史评裁。

李广庆

浣溪沙·游董家口长城

暑热蝉鸣百鸟喧,葱茏窄道奔山巅。攀登重隘九边关。　明代筑修藏要塞,今朝重现露真颜。磅礴气势载千年。

董家口长城

破阵子·游董家口长城逢雪

雪景初妆蓟镇，风声晓唱豪英。上下边墙迎皓霰，远近山林挂雾淞，史实倾耳听。　垛口还堪瞭望，敌楼不减威棱。洪武安边高筑塞，元敬驱倭善用兵。军民固守城。

水调歌头·董家口采风

游览董家口，几许古幽情。仿佛边塞寒月，依旧照长城。恍见敌楼烽火，闻似戈矛交错，垛口战贼兵。小憩宇墙内，斥堠探敌情。　擒放朵，睿智勇，树为凭。一汪碧水，松柏叠翠祭英灵。万里长城犹在，千载民风淳朴，好酒宴宾朋。回首极目处，光照半坡明。

吕海鹰

鹧鸪天·游董家口长城

绿柳悠悠细雨绵,杜鹃花绽漫山弯。长城脚下吟诗赋,烽火台前和管弦。　　思往事,看前川,金戈铁马号角喧。中华自古多豪迈,壮志高歌入九天。

水调歌头·游董家口长城有感

相会董家口,何惧雨梳头。漫山风景怡人,川野绿幽幽。放眼梨花飞雪,侧耳莺歌燕舞,骚客步难收。仰慕古城迹,又上炮台楼。　　登残壁,忆秦史,楚歌留。狂风四起,大浪拍岸向无休。虎踞龙盘雄壮,铁马金戈怒吼,战鼓震神州。多少古今事,春雨话千秋。

彭福寅

董家口长城

虎踞龙盘自不同,杜鹃如血思无穷。
董家今日春风里,满目梨花祭雨中。

春雨中游谒董家口长城

春来谒董家,情兴正无涯。
雨打梨花湿,云移石径斜。
敌楼瞻犬豕,峻岭走龙蛇。
游目杜鹃火,殷殷烽子花?

安志平

董家口长城初秋

禾黍迎秋天渐凉,登高极目野苍苍。
城楼烽火昔时烈,古道苔痕当日长。
喧耳寒蝉声自远,遮阴绿树叶趋黄。
幸得世代深情护,才有今人立晚阳。

刘玉杰

秋登董家口长城

要塞凭天险，龙腾一望中。
长云连故垒，断瓦沐西风。
俯仰千秋迹，徘徊半岭红。
烽烟虽已尽，苍莽证英雄。

秋日董家口长城

秋韵浓浓龙更兴，黄钗理鬓角嫣红。
高山妩媚妆如锦，难衬长城半面容。

李广臣

初春登董家口长城

草正萌发柳正青，董家口处涨春风。
盼夫泉水来天际，浩瀚群山筑障城。
浪打雄关金鼓振，云压壮士铁衣明。
古今多少狼烟散，日落平波一老翁。

登董家口长城

董家口岭卧长龙，断壁狼烟垛口烽。
六百春秋风雨沐，雄姿旧貌后人恭。

周丹

鹧鸪天·登董家口长城遐思

奋力攀登古隘关，群山浩荡映眸前。苍屏青翠千年立，冷月银辉万里绵。　观垛口，抚残垣，犹闻将士斩凶丸。依稀往事狼烟忆，盛世金瓯国梦圆。

王会东

沁园春·登董家口长城

奋力攀登，越上高巅，目送八极。看苍屏矗立，千年屼嵲；巨龙腾跃，万里逶迤。猎猎长风，茫茫碧宇，翻动扶摇鹰正击。天地阔，喜江山锦绣，国盛民熙。　耳边犹响征辔，抚断壁残墙长叹息。忆三更冷月，寒凝铠甲；一声画角，怒啸锋镝。战马空归，残阳晚照，犹立城头半杆旗。狼未死，必前朝永记，利剑长提。

穆宪东

游董家口长城吟

何处长城游断梦,董家遗迹世间无。
峰峦叠浪千村隐,石券雕云万点抒。
口口争姿娇必逊,关关竞色美应输。
楼台塞外风光异,一览销魂醉画图。

李晓东

登董家口长城

江山画卷由来是,峻岭横陈天地间。
城阙巍然敌虏外,晴空碧彻貌尘烟。
浮生冉冉无穷尽,国策昭昭总向前。
拚却铁鞋当好汉,英雄豪气荡群山。

袁云芬

鹊桥仙·董家口长城

崇山峻岭,悬崖峭壁,断谷垣墙筑起。硝烟战火塑英魂,斗智勇,惊天动地。　　长城脚下,炊烟几缕,村户安详静谧。花开花谢鸟啼鸣,唱不尽,英雄功绩。

城子峪长城

　　城子峪长城在秦皇岛市北部,这里群山苍莽,沟壑纵横,云雾缭绕,当此阵势,果真是一夫当关,万夫莫开。东南山脚下,是一脉蜿蜒的河流,群溪汇集后曲折奔出大山的怀抱,注入浩荡的汤河;再远些是宛如世外桃源般的一凹平地,这里是屯兵的绝佳处所。从长城上俯瞰这里,可见群山环抱,约略东西方向一带通衢,南北方向连接着夹山小路,这种四门兜底的口袋形地势正是兵家用武的好地方。

　　据城子峪长城碑刻记载,修筑城子峪长城的明朝将士,是在明隆庆五年(1571年),戚继光任蓟镇总兵时,从浙江金华、义乌招来的南方兵。现存的楼台有姜家楼、钱家楼、常家楼、吴家楼、张家楼。在南门外,还遗存着当年的石碾和将士栽下的松树。如今树干粗壮、树盖如云。它们见证了历史的变迁,它们本身也成了历史。

城子峪

城子峪长城

刘家公

城子峪长城

霜笔勾涂群岭秀,秋风舞动绿黄红。
长城内外斑斓彩,大爱之情盈满胸。

城子峪村张鹤珊

崎岖坎坷巡查路,岁岁胶鞋破六双。
缘起筑城无怨悔,精心守护勇担当。

王泽生

城子峪访张鹤珊

开口烽台闭口砖，家珍细数百十千。
身流热血原江浙，气秉侠风自赵燕。
不忘边关飞羽箭，唯期世界罢硝烟。
长城一部御敌史，护史奇人张鹤珊。

孙玉梅

董家口张鹤珊多年义务守护长城

疮痍落寞古城垣，泣诉先人戍此关。
恍若敌楼喷烈火，依稀热血染红砖。
离乡壮士方言改，留世功名史册传。
后裔长城守望者，董家墟里泛炊烟。

马小兵

踏莎行·长城守望者张鹤珊

赤子情深，乡愁倾注，胸怀满志神龙谷。残垣断壁绘心图，携妻带子同甘苦。　　暑往寒来，风餐露宿，铁鞋踏破曾无数。雄心斯守护长城，韶华尽洒峰峦处。

王爱荣

城子峪长城

为显长城多伟岸，杏花四月满山坡。
烽台五座连连看，羞了姑娘醉了哥。

赵淑兰

城子峪长城

古城改道继光传，如数家珍张鹤珊。
雁过楼头歌壮美，松排膝下敬威严。
一关独当安危控，四面全兜攻守兼。
胸载炎黄衰盛史，何人谒拜不虔然。

王 凤

游城子峪长城

长城万里破天荒，赤县民族铁脊梁。
千载悠悠青史熠，九州烈烈武威扬。
金戈铁马三山倒，雄图大国百业强。
励我中华儿女志，红日高升铸辉煌。

张双林

咏长城五首（通韵）

一

蓝天丽日晴方好，叠韵长城迎客宾。
岭峻逶迤楼橹峭，岩松挺劲故人馨。
执机留影摄豪气，纵目吟诗诵烈魂。
断壁残垣如有意，助吾华夏再凌云。

二

新朋老友漫休闲，晨晓出门越岭关。
旷野稼禾如剑戟，农家瓦舍似营盘。
雨微可是征夫泪，石厚当为志士肩。
且喜长城神尚在，山河万里壮依然。

三

严寒腊月走长城，凛冽朔风随意倾。
杂木萧萧危径乱，枯峰肃穆雾云朦。
忍听鸠雉空悲切，还看残砖未了情。
铁马金戈应有迹，男儿壮志向天横。

四

长城漫步紫云浓，猎猎秋风时荡胸。
寒壁尚存烟火味，高天仍染旭霞彤。
折枝黄槿思戎马，奏曲笙歌寄塞鸿。
忽报山前鸣鼓乐，满腔豪气贯苍穹。

五

峻岭长城峭入云，雄浑气势扼山门。
敌台浩浩贼惊胆，烽火萧萧寇落魂。
刚毅情怀春复夏，昂扬意志晚连晨。
今朝览胜堪欣慰，盛世神州万代尊。

城子峪长城

唐景裕

沁园春·故乡长城

　　跌宕燕山，托起长龙，跃在宇茫，看重峦叠嶂，清泉绕谷，峥嵘岁月，历尽沧桑。汉瓦秦砖，残垣断壁，历历前朝入史章。人间换，载世遗名录，今复发光。

　　松林挺拔昂扬，像卫士高墙伫两旁。看硝烟久灭，风华又茂；秋丹春绿，鸟语花香。时绕芳烟，又曾云上，戴月穿霞显靓妆。平生恋，那长城脚下，吾辈家乡。

板厂峪长城

板厂峪长城位于河北省秦皇岛市海港区境内，是明代大将戚继光主持修建的，长城绵延约15千米，地势险要，建筑雄伟，敌楼星罗棋布，最高敌楼修建在800多米高的山顶上。2019年10月7日，在第八批全国重点文物保护单位名单中，长城板厂峪段被并入第五批全国重点文物保护单位。

每段长城都以当地的地名来命名，比如老虎沟、盘道沟、蛇窑沟、杨来楼等。板厂峪的50多座敌楼中，保存较完好的有30多座，其中现存十几处长城界碑，在现存明长城中十分罕见。烽火烟墩与敌楼战台遥相呼应，全方位、多层次地展示了明长城军事防御体系独特的风貌。

长城在高高的山脊上一字排开，每个高峻挺拔的山尖上都有敌楼。杨来楼是东西长城的分界线，东侧通向董家口、大毛山方向，西侧通向义院口方向。两侧长城在向东、西方向延展之后不久皆转向南，另有一横向的坍塌严重的城墙在两者之间串联。

杨来楼敌楼是一座空心敌楼，此楼分为上下两层，中部设有铺房，上下层之间以阶梯相通。下层可以遮风避雨，顶上可瞭望射击，铺房可以储备武器与粮食。空心敌楼四面设有箭窗，称四眼楼。此敌楼虽已是残垣断壁，但其雄姿依然如故。

板厂峪长城

雷秀春（重庆）

浪淘沙·板厂峪长城

随友赴燕山，壑秀峰连，城砖窑址叙从前。千尺云端悬倒挂，壁立雄关。　戚氏美名传，世代绵延，义乌后裔敢争先。今创旅游谋福祉，又写新篇。

梅 里

【南吕·金字经】歌板厂峪长城征夫石

勇士绝无泪，弯弓知为谁，永驻青山不喊亏。威，乜斜强虏窥。持坚锐，无敌不可摧。

板厂峪长城

郭万海

板厂峪长城之穿心楼

蓟镇敌楼谁最险？野号穿心古无争。
深闺浴火腾千柱，斗室扬眉触两峰。
偶有登临猿是客，常年作伴草为朋。
巡防小筑庐生俏，慨叹当年造化功。

戚继光之空心敌楼

长城追影兴难收，策杖登攀走箭楼。
券室墩台藏奥妙，雉堞望橹演深谋。
传烽御险协中务，贮物屯兵运里筹。
戚帅奇方堪至伟，空心一路演风流。

马小兵

满庭芳·登板厂峪长城感怀

诗友相邀,金风引路,巧逢又度重阳。凭高远望,一览长城长。雄伟巨龙腾跃,乘燕脉,浪卷洪荒。碉楼耸,陈墙故垒,风雨尽沧桑。 回眸观岭色,层林尽染,血色霓裳。恰似那,戚军将士戎装,阵阵蹄声作响,正是这,铁壁铜墙,英雄曲,流芳百世,代代续华章。

板厂峪长城

刘家公

登板厂峪长城

城墙倒挂鬼神惊,座座敌楼立险峰。
抚摸砖痕追念远,犹闻将士喊杀声。

覃 红

板厂峪长城

古峪长城险,高峰直入云。
游龙惊倒挂,缕脉绕难分。
雨打雄魂在,风削傲骨闻。
燕山深垛堞,故垒景欣欣。

韩清学

板厂峪长城

雄踞群山宛巨龙，攀崖越岭势如虹。
燧烽微荡天边月，台垛轻拂塞北风。
几万征夫凝血泪，数千勇士战酋兵。
城垣历尽沧桑变，古峪逢春已振兴。

赵文琪

花厂峪长城

龙踞峰峦寇胆寒，曾同将士共悲欢。
敌楼眺望杀声远，垛口追思往事传。
草木抗倭挥铁戟，砖石守土斩凶顽。
征程勿忘狼拦路，紧握钢枪迈向前。

张红梅

游板厂峪长城

屹立巍峨瑞万龄，蜿蜒盘亘傲然鸣。
鼋斑化玉留遗迹，明古砖窑寄逸情。
瀑布九缸浮倒影，火山亿载垒堆惊。
千姿百态叹奇观，世界徒行基地营。

钱吉峰

板厂峪长城

板厂峪倒挂长城

沿锋纵跨峭联奇,倒挂单边险且稀。
满目青蓝携鹤去,轻足绿紫看云移。
东西列阵鹏飞舞,南北屯田虎卧栖。
就近砖石盘稳坐,炊烟又聚古城遗。

东连峪北齐长城

素磊原石砌古墙,千年风雨未消妆。
当初战场今犹在,过世残垣故事长。
耗尽北齐慈幼力,换来朝野健儿荒。
先贤苦志奠基业,厚予光阴寄远方。

亢淑琴

浣溪沙·板厂峪长城

　　叠嶂山丘似卧龙，腾飞昂首欲穿空。摘星揽月敢称雄。　　断壁残垣形傲骨，狼烟烽火贯长虹。秦砖汉瓦史留名。

魏书文

攀游北沟长城

　　心爱长城好景观，寒冬驴友竞登攀。
羊肠小道枯枝阻，野径高山蜀道难。
汗洒淋漓游险处，风发意气越重峦。
秦砖古迹风流在，烽火台前颂尧天。

张存礼

望海潮·秋游板厂峪

长城万里走峰峦，至此陡然呈倒悬。
恰似天梯垂下界，难留野兽立其间。
昔时首筑为疆虑，今日重修供客瞻。
气象氤氲吞日月，直连大海向深蓝。

京东第一楼（平水韵）

巍峨烽堠破云头，获誉京东第一楼。
曾历大明成大统，亦经清国付清流。
春萌水碧缠山麓，霜染枫红绣雁秋。
绝顶放眸诗境界，豪情入韵唱方遒。

王爱荣

板厂峪倒挂长城

悬崖峭壁藏龙脊，尾落山根首入云。
造物神工多智慧，阳光彩翼摄人魂。

王应民

诗吟长城穿心楼

脚踏危楼气自豪，闲云扯碎岭前抛。
眸回立壁重重险，心动长城步步高。
松壑凝神听古籁，石林放眼觅残矛。
狼烟散尽丛棘在，谁挽强弓再射枭？

刘玉杰

望海潮·秋游板厂峪

一山龙卧，重关虎踞，千年塞固金汤。枫岭摇丹，古堠吹寒，长城倒挂岩冈、西风百草荒。忆角声呜咽，旌影飘扬，十万严兵如列，晓月落苍茫。　　须臾今古更张。看烽烟散尽，兴也农桑。洞府寻仙，山寺问禅，九道瀑飞流光，砖迹古窑藏。海色凭高眺，气韵雄长。看我倾杯一醉，搽笔写华章。

王承贤

倒挂长城

天梯一架入云霄,昂首飞龙绕岭翱。
傲立峰巅极目望,千年古迹寄英豪。

王会东

西江月·登板厂峪长城京东第一楼

谁把长城倒挂?我将征履磨穿。周峰渐次落襟前,登顶淋漓热汗。　大壑千年断裂,高墙万里连绵。滔滔旧事忆狼烟,回首黄菊一片。

板厂峪长城

袁云芬

板厂峪长城

晨霞暮雨尽天然,壁立千峰锁雾间。
倒挂长城悬峭壁,奔腾瀑布泻深潭。
神龟静卧探沧海,山鸟飞翔度壑川。
仰望崎岖无尽路,敌楼棋布万峰尖。

义院口长城

义院口关古城，现位于海港区驻操营镇义院口村，隶属于海港区驻操营镇。明洪武年间（1368—1398年），此地为长城重要关口之一，朝廷在此修筑长城并派重兵扼守。因此地四面环山，形似大院，而朝廷又愿守关将士皆尽忠义，故取名义院口。后韩姓由山东迁此关下居住建庄，沿用关名至今。

义院口长城东西行，折为南北行。过山谷河流，设关设卡，设有关城。这里是蓟镇长城的重要关隘，是扼守冀东平原的咽喉要塞，是游牧骑兵进攻内地的主要通道。由于地理位置险要，在明代屡屡发生战事。山上边墙筑于明隆庆五年（1571年），万历元年（1573年）至万历四十年（1612年）几次修筑砖包墙体。现在长城边墙地、敌楼部分坍塌、损毁，甚是可惜。

义院口有石河干流经过，谷地宽阔，属于要冲，明代常遭蒙古军队侵扰。义院口关北1.5千米的板厂峪口和南1.5千米的拿子峪口与义院口关休戚与共。板厂峪口负责正门沟的防御，拿子峪口负责拿子谷的防御。

义院口长城

义院口长城

穆宪东

登义院口长城感怀

城碎峦舞倚云修,空锁山河几度秋。
义院烽台犹历历,始皇绮梦已悠悠。
雄怀若肯仁天下,伟略应酬惠九州。
借问秦君知晓否,王旗变换几风流。

孙玉梅

义院口长城

花岗壁垒固根基,造境凝魂亘古奇。
百孔当风攻对守,千年垂史骨和衣。
倾金掷米穷资聚,铭志雕碑众力齐。
不尽沧桑归画卷,攀登触手入云霓。

刘家公

义院口长城

残垣断壁尚留存,惊现功碑铭筑人。
不见险关雄伟景,但闻鼓角励三军。

亢淑琴

义院口长城

几经修筑越多年,可贺人文记载全。
人祸天灾生傲骨,苍龙风采世人观。

义院口长城

王永富

水调歌头·义院口关长城（通韵）

长城义院口，四面抱环山。毛石高筑，卧壑横岭耸云端。座座敌台望去，满目残垣断壁，极处向天边。追忆千秋事，历历现眸前。　　将军勇，兵卒义，百姓贤。平民富甲，助力捐产又资砖。不为名垂青史，但表精忠大义，携手护家园。睹物思英烈，雄魄永流传。

冯剑波

长城

云横绝壁雾藏峰,天降苍龙峻岭中。
锈炮消失垛口在,犹闻战鼓马嘶声。

【中吕·山坡羊】长城

山临海靠,扼关守要,飞龙起舞冲天啸。跨山包,跃沟壕。 穿云入水神州绕。为保安宁平外扰。关,永不倒;城,永不倒。

刘德润

长城颂

名圣时光千百年,古人智慧建城垣。
历经枪战仍无恙,遭受雨淋还固然。
昔日兵戎攻防御,今天景点旅游玩。
遗留文物多呵护,传统美德留世间。

王应民

长城

冠拔天下第一城,千古峥嵘万里雄。
鸟瞰东瀛吞巨浪,鞭挟大漠裹狂风。
危台踏岭巡烽火,险隘迷云锁鼓声。
看我中华开伟业,江山横揽大旗红。

义院口长城

王红

游长城感怀

巨龙横亘枕奇峰,九曲逶迤衔古城。
不见沉云遮日隐,但闻布谷唤农耕。
曾经烽火硝烟散,正是春华月色浓。
镰斧高扬红似火,苍生从此获安宁。

鲁英珍

长相思月·歌长城

城卧颠，壁卧颠，经省十一半个天，当惊世界罕。　山相连，地相连，内外同胞一片欢，载书铭美篇。

浣溪沙·咏长城

古有苍茫万里龙，刀枪剑戟影无踪。农耕游牧尽繁荣。　几载登攀尖顶技，三军铸建铁长城。中华崛起世人惊。

张明山

一剪梅·长城

鸟瞰山峦一巨龙。蜿蜒起伏，似在奔腾，长躯携就古今情。万里雄关，万里威风。　盛赞祖先智结晶。建筑之宏，世界巅峰，中华我爱我骄荣。国宝神威，举世闻名。

徐立群

长城

万里身躯气势宏，骑山踏岭展雄风。
驰名千载扬中外，傲我神州一巨龙。

拿子峪长城

拿子峪村隶属秦皇岛市海港区驻操营镇，距市区38千米。拿子峪段长城东接义院口，西连花厂峪，为东北至西南走向。拿子峪口是义院口的附属小口。曾先后出土大石炮11门、小石炮112门，以及一些石礌。火炮、石礌是明代守城火器。火炮射程远，杀伤力大。"礌石为万人敌，自城上抛下，弹药四向炸射，可使敌军马覆人翻，伤骇败退。"这里是义院口关的火药库。

现存拿子峪长城的精华处：一是坚不可摧的烽火台。拿子峪口西侧和南侧有三座独立于长城之外的烽火台，下石上砖砌筑，底座砌石质地坚硬，大如磨盘，令人震撼。二是拿子峪长城的一等边墙，大部完好且很有气势。三是拿子峪长城第10台，俗称"媳妇楼"，保存得相当漂亮完好，南侧的出入门券石上雕刻着精美的插花瓶图案，堪称敌楼中的精品。四是连接义院口方向的长城"金腰带"，这种带黄色腰线的长城很罕见，并且呈阶梯状凸出墙面，堪称精美。

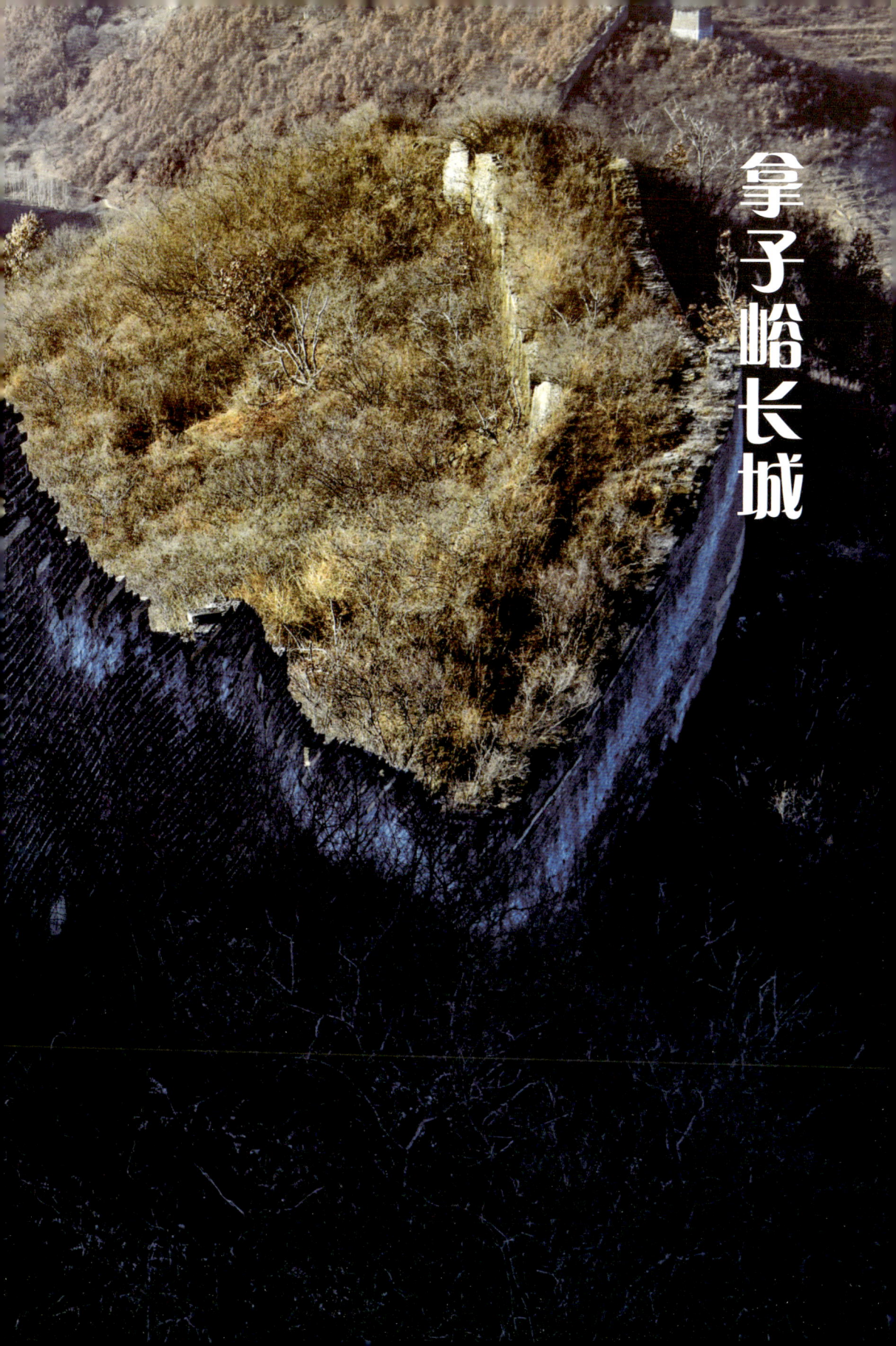

拿子峪长城

郭万海

拿子峪长城之金腰带

三临峪口梦前朝,双向登攀未舍高。
龙首东呼携紫气,城墙独秀束金腰。
凿石匠器砖间筑,苦乐精神垛下标。
尚品几多扬蓟镇,江山应赞小多娇。

马小兵

拿子峪八户莱州修护长城父老

携妻带子此安家,五百斯年古峪扎。
一派乡音融燕赵,八门父老守山崖。
硝烟炽火燃红日,峻岭长峰映晚霞。
且有莱州能匠手,修城筑堡为中华。

范岭山

点将台将军松

披甲迎风挥楚铁,点兵操阵动云开。
浩然一股忠英气,化作青松守将台。

刘家公

拿子峪长城

据险塞关防暗袭,雕礌石炮万人敌。
居高临下齐发射,马仰兵翻遁北夷。

有感点将台上生劲松

台前请战尽精忠,浴血杀敌屡建功。
玉碎眠边城作伴,将军羽化劲节松。

覃 红

念奴娇·拿子峪长城步苏子东坡先生韵

到拿子峪,见长龙双列,苍然形迹。故垒风烟鸦满树,野堞嵯峨空碧。古戍无言,石墙可敌,心魄酬家国。关山如梦,叹坚城砖历历。　地险夯筑神州,危楼凄雨,几度天涯客。但记将军曾据守,今夕英魂何夕?放眼凭台,重峦伏垛,望绝连天翼。残垣云断,旧墉愁听边笛。

钱吉峰

玉龟山·咏拿子峪长城（通韵）

梦游仙。捷足渤海向燕山。探访长城，觅藏深广厚家传。方言。味真甜。植根拿子峪城垣。莱州老户兵匠，整戎装备守前沿。披月逐日，含辛苦做，历风兼雨精研。与春秋论快，冬暑无惧，国界安然。

凝血泪筑城坚。金裹表里，缀玉露腰间。风情雅，乱中圣柱，特立烽烟。坐三坛。固险制塞当关。抑患避祸规难。令三步止，五岳平身，胡马停阵嚎天。

转瞬风云变。奈何塞北，怒卷狂澜。败走昙花大顺，换新一统广袤幅鲜。长城退位自孤单。更为甚者，拆破城头烂。自毁之，残壁人人叹！窃为谁？唯有难堪。转世新，鼓乐欢天。太平乎，又念旧文轩。踏雄襟路，察研古志，续写新篇。

王永富

长城拿子峪关媳妇楼

长城万里富传说，拿子峪关藏美婆。
打仗须眉嫌少少，御敌汉子喜多多。
探营媳妇楼中乐，戍境官兵城上歌。
征战有卒方取胜，人丁旺茂可兴国。

亢淑琴

拿子峪长城

残垣断壁自然美,墙陡门高气势危。
古韵风情昭日月,留名青史立丰碑。

杨艳娟

八声甘州·拿子峪长城

望群山莽莽大荒中,巨龙在崖头。历风霜雨雪,明明日月,六百春秋。垛口平间抹角,视野阔双眸。错缝雕花石,筒拱台楼。　　壮美雄威气概,好汉争当后,赞誉难休。叹征夫血汗,苦累染乡愁。逝烽烟、边声不再,看今朝、民族复兴求。同心干、共长龙跃,追梦神州。

花厂峪长城

　　花厂峪是义院口往南长城的一个小口，与苇子峪毗邻。花厂峪关今已被毁。此段长城多为砖砌城墙，保存较完整，个别地方垛口尚存，有些城墙坍塌严重。城墙内侧一些地方设登城马道，可由墙下通到墙上。由花厂峪向西，多借山险设防，仅在一些山谷缓冲地带，筑有小段城墙。花厂峪长城向北经过海拔635.2米的大平台山。

　　"因地形，用险制塞"是明长城常用的一种办法，花厂峪口在低洼处筑高墙，用大山作为樊篱，达到了防御效果。花厂峪南山上的障墙，外侧似狼牙，直上山岳。老岭在燕山东端，山势陡峭险峻，树林茂盛，古长城的残垣沿着山脊连绵伸向远方。

　　1943年冀东独立营马骥部队，在此与侵华日军血战一昼夜，在抢夺敌人机枪时一名排长与两名战士壮烈牺牲，后埋葬于此。在巨型条石砌成的长城石基上，可以看到许多密密麻麻的小浅坑，是子弹洞，花厂峪的这些子弹洞不仅装点着今日关山，更是日军侵华的如山铁证。

花厂峪长城

张红梅

花厂峪长城

碧嶂铜墙花厂峪，关城固守若金汤。
断崖突现弹痕处，绝壁藏埋骨血荒。
昔日乡村传盛世，红船基地咏流芳。
巨龙昂屹多奇秀，千载春秋耀华祥。

李宏伟

参观花厂峪抗日纪念馆忆长城阻击战

叠峦深处葬英魂，众侣车行向僻村。
岭上已无消息树，口前犹有战争痕。
刀横壁垒硝烟远，血染长城浩气存。
打败东洋赢盛世，巡碑祭奠莫忘根。

王凤

游花厂峪长城

长蛇飞舞跨秦燕，气贯银河俯众山。
千载风云青史照，万腔骨肉地基含。
城墙砖损枪留迹，花厂魂忠义动天。
生死拼搏根本立，开来继往勇登攀。

孟宪东

游花厂峪长城吟

携友眺城头，山川尽眼收。
叠峦腾水浪，重岭泊云舟。
北枕燕山秀，南襟渤海悠。
醉魂消塞外，烟锁美村楼。

孙国栋

临江仙·长城魂

那道长龙宽又陡，朝朝阻我前行。秦砖汉瓦恁分明。少年攀四季，夏睡数繁星。　　早年轶事终久矣，眼前风暖潮平。四方攘攘涌嘉朋。如家般静守，任岁月飘零。

常 厚

清平乐·长城

蜿蜒万里，横亘边陲起。堞垛烽台尸骨秕，姜女寻夫悲举。　　乾坤南北昨昔，民族团结同戚。共建鸟语花香，同亲同梦同息。

李广臣

长城

万里长城似巨龙，千秋华夏美殊荣。
西盘瀚漫祁连雪，东逐汪洋渤海鲸。
铁马金戈鸣箭镝，黄沙紫陌树枪缨。
边垣雄伟人民筑，浩气能驱百万兵！

花厂峪长城

焦玉琴

临江仙·长城感怀

昂首巨龙巅岭卧，勾描华夏图腾，古今人类冠工程。跨千年岁月，载历史文明。　每度步行攀古道，叹怀先智奇能，此心逐梦赋传承。吟中华盛世，颂不朽长城！

杨先平

登长城有感

云横千岭走蛟龙，汉瓦秦砖万里城。
摆尾西陲戈壁月，昂头东塞海疆风。
萋萋荒草掩白骨，阵阵松涛动赤溟。
一股不屈华夏志，相承代代筑峥嵘。

尉丽春

长城

万里长城埋白骨,千年挺立贼心寒。
吾身不做痴姜女,奔向沙场效木兰。

徐继成

长城颂

巨龙飞跃沐霜风,雄峙崇峦峻岭中。
云绕星驰天地卧,雷呼海啸漠原行。
回眸百代驱狼史,震耳八方警世钟。
绿水青山怀里抱,卫国护梦万年红。

花厂峪长城

李桂琴

长城遐想

万里江山腾巨龙,汉关秦塞连榆营。
楼墙垛橹风沙雪,兵马粮衣日月星。
屹立巍峨华夏志,绵延博大九州灵。
争鸣鼓角声闻远,变幻时空再启程。

李宏伟

咏长城(辘轳韵)

炎黄奇迹不磨功,横亘群山大漠中。
屹立千年烘日月,绵延万里贯西东。
刀光剑影休移志,沧海桑田不改容。
钢铁脊梁环宇靖,安邦追梦化祥龙。

许世文

烽火台

眺望长城烽火台，狼烟不起待兵开。
似龙伏卧头昂海，史证中原御敌来。

王承贤

游长城

踏尘执杖走长城，领略神龙百世雄。
远望敌楼云里耸，近观壑谷水溪行。

花厂峪长城

张洪艳

长城魂

盘旋峻岭巨腾龙,挺立神州碧野穹。
经历狂风腥雨洗,御敌拒虏建奇功。
青砖记述英雄史,烽火存留硕果丰。
昂首遥观国富梦,江山秀美展昌隆。

黄继元

盛夏游长城(通韵)

农人避暑山中去,结伴花厂峪谷间。
访野长城观古迹,读明历史著新篇。
边墙独特狼牙状,巨齿尖尖外寇拦。
断壁斑驳如史册,御敌故事永流传。

姚全双

【黄钟·刮地风】游长城感怀

夏日登城上箭楼,满目哀愁。残砖滚落半山垢,汇聚成沟。时节更替,物华依旧。　沐雨经霜,危墙风透。如今古迹留,何时去补修,此事担忧。

明长城砖窑

长城砖窑群遗址，又叫"板厂峪窑址群遗址"，位于河北省秦皇岛市海港区驻操营镇板厂峪村，距长城仅500米左右。2002年秋被发现，截至2003年8月11日，共发现存有长城砖的砖窑66座。2013年5月，板厂峪窑址群遗址被国务院列入第七批全国重点文物保护单位。

出土明长城砖窑群的板厂峪村，是"万里长城第一关"——山海关附近的一段十分重要的长城关隘，其村北峰上横亘着3.5千米长的保存比较完好的明长城。据《临榆县志》记载，这段长城始建于明洪武十四年(1381年)，隆庆五年(1571年)戚继光任蓟镇总兵后，派中军门谭纶再次重修，在石筑长城的基础上加砖修复，并增修砖质敌楼50座。

窑形分为龙窑、马蹄窑和牛角尖窑等，窑口直径为3.5米至6米不等，窑深3.5米。里面大都保存着当时烧好的筑长城用的大砖头，砖长36厘米，宽17厘米，厚9厘米，重10.5千克左右。其中码满砖的有24座窑，每座窑里码砖20层，存砖5000余块。这些砖根据功能分为砌墙砖、地墁砖、滚水砖。

南广勋（北京）

【正宫·塞鸿秋】参观板厂峪长城砖窑

曾经窑火冲天际，人呼马啸车来去。砖窑还在山坡地，砖坯还在窑中砌。当年烧火人，今已无踪迹。只有城墙还在山头立。

徐瑞理（湖南）

【南吕·四块玉】板厂峪听讲长城窑故事

板厂窑，明人造，砌起长城镇魔妖，扫平道路除强暴。向九霄，听古谣，真乐淘。

韩景明（陕西）

【仙吕·游四门】板厂峪明长城砖窑

群窑坐落密林中，灯火乱鸡声。青山绿水相呼应，通宵待产月偷听。惊，分娩出万里长城。

徐泮珍（山东）

【双调·楚天遥带过清江引】板厂峪砖窑感怀

才被和稀泥，又在炉膛住。投身火热中，练就成金术。点点运深山，日日长龙筑。时而入青天，时而穿云雾。【带】挡豺挡狼拦住虎，保我金汤固。悠悠数万年，默默天涯路，可喜的是泥砖变成华夏骨。

明长城砖窑

原振华（山西）

【双调·水仙子】板厂峪窑址群遗址

一围围坑地散窑群，一列列青砖尚有温，一重重水火泥坯浸。砌高墙土为本，立千秋熔铸民心。峻岭巨龙骋，林间知了吟，万里之根。

郭星明（浙江）

【北双调·清江引】观秦皇岛长城砖窑遗址有怀

满满一窑砖块齐，好把长城砌。火中百炼身，关上千年卫，佑我国家坚勿摧。

郭万海

【双调·水仙子】板厂峪长城砖窑

长城脚下数窑头。紫火青烟一望收。马蹄牛角龙须透。膛开天地吼。怎藏了五百春秋。板厂高低峪，观奇左右沟。别样风流。

马小兵

行香子·参观板厂峪明代长城砖窑遗址感怀

千载烽烟,百世封存。一朝出土现凡尘。窑歇坯滞,孤寂悲吟,诉那沧桑,那膛火,那功勋。 英雄工匠,民族智慧,血汗凝成巨龙神。中华儿女,不忘初心,再唱国歌,擎国帜,筑国魂。

彭福寅

板厂峪长城及砖窑遗址感赋

叠嶂层林红叶稠,长城倒挂势仍遒。
义乌兵炫英雄胆,烽火台惊强虏眸。
出土砖窑思汗淌,滚山石木话风流。
倩谁重爇松枝焰,更固中华金鼎瓯?

孙永祥

板厂峪长城砖窑寄题

尘封幸得现田畴,烟灭灰飞岁月收。
练泥铁浇千隘口,精坯铜铸百关楼。
弯折马面风飞矢,直立烽台火烈丘。
大任兵卒拼万死,将军几顾帝王忧?

张英杰

板厂峪长城砖窑

长城万里九州豪,月望地球独占鳌。
谁晓高墙何砌就,千年揭密大砖窑。

张和谭

板厂峪古砖窑遗址

参观板厂古窑坑,犹见抗敌火正红。
美帝觊觎心不死,国人必铸铁长城。

张存礼

板厂峪明长城砖窑遗址遐想

层层码放内腾烟,似有余温尚待搬。
此刻窑工何处去,彼时战火几回燃?
征人已往无须泪,猎铳常擦莫锈拴。
万里长城倚天筑,军民皆是砌墙砖。

钱吉峰

长城砖

千年守诺卧峰峦,沐雨临风戍隘关。
寂静初心恒盾暖,凄凉乱世抑刀寒。
能工练就青砖硬,巨匠施来绿堡坚。
武统秦皇遗迹在,无声胜过有声喧。

明长城敌楼与券门

长城敌楼，建筑于长城墙顶。一般为四方形或长方形，分上下两层。上层设有箭窗，并置有燃放烟火的信号设施；下层辟有券门、楼梯，可供士兵暂歇或存放武器之用。在今天看来，敌楼已成为长城上的美妙景观，体现着万里长城内在的律动与节奏。

在秦皇岛境内的300余千米明代长城上，有近千座敌楼，保存完整和较为完整的约占半数，在这些敌楼上都有券门和券窗，很多券门上刻着具有很高艺术价值的浮雕装饰，修筑者利用当地特有的材料，就地取材进行创作，风格各异，材质变化丰富，使原本冰冷的军事防御工事，增添了许多文化气息和人文关怀。这些雕刻作品，不仅表现出戍边将士们非凡的艺术创造和艺术想象力，同时也包含了丰富的地域文化和深广而复杂的文化积淀，蕴含着丰富的审美意蕴。

明长城敌楼与券门

明长城敌楼与券门

明长城敌楼与券门

北齐长城

公元550年高洋推翻东魏，建立了北齐，他占据今山东、河北、山西、河南等省，一方面在政治上采取措施，制定齐律，建立州郡，稳定内部；另一方面为了巩固防务，首先进行军队整顿，连年出击北方强敌柔然、突厥、契丹，并取得节节胜利。

北齐为了加强对游牧民族及对西魏（后来是北周）的防御，在其立国的27年中，在国界北部和西部曾多次修筑过长城。北齐王朝建立后，承东魏疆土，领有今洛阳以东的河南、山西、河北、山东和辽宁、内蒙古的一部分，南邻梁朝（557年梁亡后为陈），西接西魏（556年西魏亡后为北周），东滨渤海，北与柔然、契丹、突厥、库莫奚毗邻。

秦皇岛域内的60.5千米北齐长城遗址，在全国长城中属保存得最长、最完整的古代早期长城。其中，秦皇岛海港区西连峪村北齐长城为4.5千米，鸭水河段长3.8千米，上庄坨段长7千米，合计15.3千米。经专家鉴定，位于连峪村的这段长城为北齐长城（555年修建）。这段残墙经连峪村岱山而下，入山海关区内，经贺家楼、馒头山、沙河、姜庄入海，与《北史》所述北齐长城"东至于海"相符。

鸭水河村南铁雀关处有小河通过山口，河东岸依山坡筑高台，高约7米，呈正方形，30米见方，台中现为耕地，西、北、东三面有毛石堆积，宽4米，高1米。因该地曾有一石，其色如铁，形似鸟，当地人称长城遗址为"铁雀关"。

北齐长城

西连峪段

郭万海

登连峪山探齐长城

秋风瑟瑟动诗题,跃上岚山探北齐。
瓦砾蹒跚嘶战马,干城跋涉碎征衣。
江山代代逢新主,壁垒宗宗判旧基。
唯有精神织远大,不屈风骨续传奇。

张 明

岱山北齐长城遗址怀古

山脊荒留乱石墙,枉知兴盛属高洋。
徒劳广筑三千里,难及仁心有禹汤。

王万汇

连峪村长城旧址初探

扰攘千秋越北齐,烽烟吞吐黛山弥。
荒堆可认边墙石,残垛堪窥鏖战旗。
草裹庄坨村径窈,蓑横连峪土坡怡。
当年吼啸风生处,满目丘痕识旧仪。

李晓钟

观连峪岱山北齐长城

北齐年代远，东岭访斯城。
走向随山势，干石垒万重。
墙低石细碎，国力或非宏？
史载文宣帝，征夫百万雄。
三千遴六次，终告大功成。
道险足蹄践，层积脊背弓。
哀哀尤寡妇，敕令亦从行。
榆塞隔胡马，口关握止通。
边墙疆界主，碑立记分明。
无意图他利，有凭护耨耕。
此间无战事，两畔启安宁。
岁月磨痕迹，容颜百样呈。
或失原相貌，或没草芜中。
或徙为他用，或留并重城。
长城经风雨，积淀汇文明。
抵侮民心柱，化犁睦里倾。
浩风流代代，主旨示和平。
四海今携手，相期向大同。

马小兵

【中吕·醉中天】访北齐长城遗址

攀山越岭。追踪觅迹，探古寻营。高洋主宰乾坤定，点将发兵。修筑三千里城，御防四面敌凶，（遗憾）黄粱梦，齐皇过（与）功，自有后人评。

孙玉梅

西连峪登北齐长城

一望数千年，长城越岱山。
石腾丰壁垒，水软秀层峦。
高筑平戎策，深耕乐土篇。
奈何承运短，野草伴遗垣。

范岭山

岱山北齐石堆长城有叹

惯看长城雄伟势，一堆石块显凄凉。
专权代魏曾如虎，暴政残亲翻作羊。
昔日绵延千里远，今朝断续百旬长。
高齐筑垒徒耗力，天下得失岂在墙？

高庆环

西连峪探幽

大客通途访岱山，长城遗址挂云端。
神龙过处悬崖恶，工匠修时重任艰。
勇敢人民多壮志，巍峨岭岳筑奇观。
可歌可泣名中外，诗友痴迷醉忘还。

刘家公

中古长城采风

秋暮清凉神气爽,一行访客步飘疾。
岱山峰顶怀中古,铁雀关前话北齐。
不见当年筑城帝,只留今日乱石基。
兴亡期率谁来破,窑洞倾谈解惑疑。

钱吉峰

汉宫春·岱山北齐长城怀古

铁马石墙,踏峰巅亮相,步履从容。昂迎岱山日月,垂首山龙。轻石片片,话铮铮,垒聚成功。连北海,跨千载路,史说短语鸣钟。　　遥叙高洋创业,耗国民总力,童妇交融,长恭能征善战,力克敌雄。功高盖主,祸兮兮,基毁消溶。纲纪废,北齐短寿,败局自在言中。

韩清学

北齐长城遗址怀古

暮秋寻古岱山间,曲线石痕映眼帘。
千载狼烟虽去远,一条颓壁尚留残。
垣旁似见旌旗舞,关下曾经战马喧。
为御突厥遗故垒,北齐功绩入诗篇。

亢淑琴

登岱山长城有感

追踪跨越探兴亡，断壁残垣故事藏。
犹见当年挥剑戟，耳听今日话安康。
基石光映银鳞闪，古垒迎风傲骨钢。
岁月消溶魂魄在，依然神韵踞东方。

郑舒萍

北齐长城采风感吟

秋暮走连峪，野菊正散香。
岱山存古道，铁雀诉流光。
遥忆烽烟事，满斟膏雨浆。
且观龙起舞，华夏屹东方！

覃 红

秋游岱山北齐长城遗址

野堞秋光分外明，山头旧垒断崖横。
南天门望砂垣险，连峪村临燕塞平。
千载悠悠多往事，孤关默默诉余情。
独寻遗迹云峰里，一片红霞映古城。

孟令岩

观北齐长城遗址有感

眼望岱山遗故垒，诸侯争霸筑石墙。
曾经险峻三千里，难保昏庸六主亡。

刘玉杰

秋登北齐长城

纵目三千里，危冈走玉龙。
云低衔水浅，树老带霜浓。
魏垒犹能见，隋垣草已封。
风云随变幻，聊看夕阳春。

张少崎

西连峪鸭水河北齐长城采风感赋

一

乱丛寻古径,秋日访遗踪。
旷野幽幽翠,山枫隐隐红。
不知东岭处,竟是北齐城。
千载风云过,嘘嘘一叹中。

二

思绪跨千载,悠悠到北齐。
身临昔战场,谁见古征衣?
铁马难重啸,金戈不再挥。
风云一瞬过,只剩乱石堆。

张英杰

登岱山石长城

攀高连峪岱山行，无限风光秋意浓。
探访北齐聊战事，登临石岗踩长城。
一千五百风云过，二秩七年日月匆。
古迹寻踪铭史鉴，今朝国泰业兴隆。

杨秀娥

登岱山长城所想

一

石龙卧睡几千年，自古评说史记篇。
北域长城昭日月，功高盖世祖先贤。

二

沿着陡峭岱山崚，举目高峰暖日擎。
俯瞰层峦叠嶂美，千年古迹世间赢。

温幼奇

北齐长城抒怀

风和日朗觅城勘，一片石头伴土原。
古迹千秋沧雨露，江山嗟叹比强繁。
探求追密关山宇，巧造天工峻屹巅。
莫道北齐人远去，贯峦骑岭古今传。

王桂芳

登北齐长城有感

石龙昂首岱山巅，险隘峰峦翠嶂间。
铁雀雄关仍屹立，硝烟乱世已千年。

北齐长城遗址抒怀

斩山筑城峡谷间，蓄势虬龙卧岱山。
犹闻金鼓催战事，似见沙场斗敌顽。
四方台上众兵守，不叫突厥渡玉关。
时光荏苒千年越，岁月悠长万代传。
尔今足登石龙背，心潮澎湃颂先贤。

陈克潮

点绛唇·思北齐长城

深垛留存，杀场勇敢千年想。御防永畅。盘亘蜿蜒望。　遗迹石头，故事长城讲。岁月赏，险峰冲浪。龙族同开创。

吕希娟

北齐长城感吟

脚踏枫红眺远山，腾龙盘绕几重天。
岩石片片修城垒，汗水滴滴铸岭关。
雨打千年防鬼犯，风吹百代护民安。
万家灯火英雄冢，多少戍兵血染川？

吕海鹰

访岱山长城

黄花伴我岱山行,断壁西风号角鸣。
望远烽台枫影动,犹如旄帜指新程。

张占林

西连峪感怀

长城一脉气如虹,东是高坡西是峪。
万众皆兵阵法玄,当年无愧英雄地。

戏说北齐

国运当年可谓昌,二十八载短还长。
败家子弟输光腚,只剩倾颓一道墙。

宋国强

鹧鸪天·咏北齐长城

虎踞龙盘草莽中,无边寂寞锁葱茏。每逢十五满天月,遥望南天一柱峰。　英气在,骨铮铮,几回魂梦赴大同?有朝一日冲天起,仍是鲲鹏舞北溟。

王耀华

北齐长城咏叹

枫染石墙向那边，蟠龙越岭望榆关。
花岗片片迎风冽，壁垒巍巍沐雨寒。
旭应征尘忠骨在，血融壮志彩云还。
残垣枕月复兴梦，固守河山今未眠。

王长青

登北齐长城

愈近层峦心愈惊，北朝遗迹可欢迎。
有缘千载今相见，攀石穿林快步行。

王晓黎

秋寻岱山北齐长城

连峪觅长城，荒基草木生。
毛石修壁垒，岭土筑盘营。
为阻风云变，求得社稷宁。
悠悠千载后，诉与后人听。

宫 燕

北齐长城

长城遗迹看残垣，万古流芳话千年。
青纱渺渺狼烟起，红旗猎猎守雄关。
高山落日埋忠骨，大海涌潮慰烈幡。
壮士捐躯百战死，将军浴血凯歌还。

董天伟

北齐长城

千年风雨栉，万里土沙侵。
断壁威犹在，中华不朽魂。

张玉萍

水调歌头·岱山怀古

岱山多壁垒，荒野现长城。北齐多少安梦，金菊话相逢。石簇沧桑古道，不见烟尘再起，自有后人行。信步旧山水，挥手踏新程。　东连峪，塞湖水，显峥嵘。谁人沥血驰骋？重塑四方城。闲赏西山红叶，享乐长藤架下，静逸品秋声。高岭寒烟翠，红日照安宁。

林国赋

水调歌头·登岱山

秋日寻芳迹，踏上北峰巅。高墙固垒何处，满目见残垣。慨叹千年驻守，玉刻石雕崛立，剑气啸晴川。壮士英魂在，万代美名传！　豪雄泪，不轻弹，向人寰。厉兵秣马，常御盗寇犯雄关。铁壁铜墙铸就，捍卫和平家苑，赴阵等何闲。虎胆兴华夏，热血洒江天！

王振和

忆秦娥·咏北齐长城

千年月。清辉漫照长城雪。长城雪。冬冬落盖,冷寒凄咽。　忆思昔日硝烟烈。时光浸染忠良血。忠良血。炎黄风骨,铮铮如铁。

宋立波

登北齐长城有感

一

历久弥坚一座城,巨龙筑梦替天行。
长铗出鞘连云际,三藐凡尘功与名。

二

岱山顶上卧长龙,千载精魂诱客行。
铁雀关高担日月,丹心热血铸和平。

陶晓斌

深秋北齐长城咏怀

飒爽金风铁石音,岱山宛转伴君临。
霜浓野菊幽香漫,连理青松傲骨襟。
风雨飘摇沧海泪,石峰破碎故人心。
扬帆北港神州梦,邀友同欢妙笔吟。

北齐长城

鸭水河段

郭万海

鸭水河走齐长城

越岭攀山鸭水东,霜埋草掩野长城。
四方台上读今古,铁雀关前论废兴。
千百里来腾壁垒,几朝人去祭坟茔。
石墙段段真如铁,化作龙鳞入汗青。

张 明

铁雀关长城

江山御寇筑边墩,徭役劳生鸭水村。
骤起中原兵燹至,笑依铁雀护乾坤。

马小兵

探寻北齐长城感怀

一路寻来踏古风,西连峪处访长城。
石门老寨经沙场,断壁残台立战功。
御外守疆高帝梦,建州定律北齐兴。
研读千载文明史,穿越时空铁雀声。

孙玉梅

访高齐长城铁雀关

古邑边关何处寻?溪头旧迹叹相闻。
悠悠铁雀成遥忆,漫漫方台借此临。
千里城墙曾拒北,几朝野火断传薪。
不息华夏知兴替,鸭水长天尽望新。

范岭山

鸭水河北齐长城旧址感怀

坚墙险塞早无形,铁雀黄崖只有名。
欲固江山修壁垒,政施禽兽速凋零。
一堆凌乱由人踩,千古兴亡任我评。
散去硝烟息战事,四方台上果林荣。

高庆环

鸭水河访古

脚下曾经铁雀关,入眸断壁又颓垣。
蜂蝶碌碌翩翩舞,旅客滔滔朗朗谈。
昔日石城钢铸塞,今朝墙址草盈山。
北齐子弟黄粱梦,显赫终为一缕烟。

刘家公

参访北齐长城遗迹有感
高筑长城千万里，北齐短命似流星。
安得社稷泰山稳，德政边防一并擎。

钱吉峰

北齐长城遗址怀古
鸭水河关隐古墙，堆石萋草话沧桑。
千秋百代朝天阙，万户无童佐地厢。
威武长恭驰战马，昏庸后主送国殇。
峰巅矗立雄魂在，笑我生逢盛世邦。

亢淑琴

铁雀关即景
遥想当年铁雀关，金戈戎马剩残垣。
石桥流水匆匆过，杨柳迎风细细牵。
昔日旌旗催战鼓，今朝沙场话硝烟。
齐城遗址出连峪，古迹山中变景观。

郑舒萍

【越调·天净沙】秦皇岛北齐长城

岱山燕塞湖毗,老龙鸭水林依。石垒残垣古迹。直奔西去,越千年似鸣镝。

覃 红

游鸭水河北齐长城遗址

清流宛转绕关前,古路堪寻旧垒边。
鸭水河村遗断堞,石门山寨现残砖。
荒基背岭寒欺草,老树深秋叶落川。
却对长城思往事,冈峦陈迹已千年。

北齐长城

刘玉杰

永遇乐·北齐长城怀古

秋色峥嵘,立斜阳魏垒深行处。烽火狼烟,尽随岁月滚滚东流去。旌旗偃月,轻蹄踏雪,成败一朝千古。纵英雄、经年人换,寄奴谁记曾住? 少年心事,浮沉世态,车马相追无数。十载是非,一场荣辱,大梦人生旅。临风慷慨,长歌落寞,且向人间起舞。待来日,花香草绿,深杯小圃。

张英杰

鸭水河寻觅长城

曾经沙场御敌侵,鸭水河旁修筑频。
铁雀关头寻旧址,四方台上觅陈根。
密林难挡采石景,荒草不遮浴血痕。
后事之师传万古,今朝拜谒撼心魂。

杨秀娥

鸭水河边追思

残石碎片忆当年,战鼓擂鸣铁雀关。
戍守城池旌旗猎,英雄血染保国安。

温幼奇

鸭水河怀古

群山环绕鸭水河,村边溪流澈清泽。
追忆北齐城筑垒,安民良策保家国。
岱山铁雀关山静,四方台里储驻多。
各朝离恨随怨去,历代兴衰比富德。
隘口残城留足迹,知今承古坦途跎。

陈克潮

一点春·北齐长城

尽染金色美,入秋留足陶。乱石遗迹路千载,追梦同圆万代娇。

吕希娟

北齐长城感吟

脚踏枫红眺远山,腾龙盘绕几重天。
岩石片片修城垒,汗水滴滴铸岭关。
雨打千年防鬼犯,风吹百代护民安。
万家灯火英雄冢,多少戍兵血染川?

吕海鹰

长城脚下鸭水河
湍湍流水聚成河,战火千年忆里搁。
昔日刀兵成过往,悠哉锦鲤可知么?

张占林

铁雀关遐思
撼松容易撼山难,一脉长城固若磐。
万类为国堪大任,多情铁雀敢当关。

鸭水关怀古
山为勇士谷为关,万类称雄岂等闲。
武治文攻何烈烈,悠悠鸭水忆当年。

宋国强

铁雀关怀古

铁雀雄关万古传，一梁陡上碧霄间。
潺潺涧水东流去，朵朵乌云北扫还。
绝骑胡尘愁末路，安居百姓喜空前。
前朝志士魂犹在，铁骨铮铮伴笑谈。

北齐长城

王耀华

北齐长城

又登铁雀关

素有凌云梦，重登铁雀关。
拾阶南斗下，绝顶北齐间。
希冀出河洛，腾飞越岱山。
长城东海去，信步客不还。

鹧鸪天·铁雀关

鸭水河边铁雀关，南邻渤海北依燕。平添虎翼击坚甲，兀起狼烟补漏天。 敌百里，傲千年，孤城独守啸坤乾。今风访古聆沙场，剩有残垣日月悬。

陶晓斌

北齐长城铁雀关

鸭水河村铁雀关,雄风犹在越西山。
南巡沧海狼烟起,北望长城寺院还。

张玉萍

秋游铁雀关

红日耀燕山,穿梭草木间。
风衔残叶舞,露润野花鲜。
鸭戏村前水,人怡梦里天。
谁言游子累?今又醉乡关。

北齐长城

北齐长城

林国赋

长城怀古

苍茫大野沐青天,曲水紫台铁雀关。
落叶枯枝藏魏迹,残垣断壁透齐坛。
遥思战阵烽烟烈,纵想敌楼箭镞寒。
借问骄阳曾记否,千军万马捍江山。

王振和

北齐长城之铁雀关

秋深邀友看山雄,铁雀关前吊古风。
陡峭城楼兵将守,蜿蜒小径庶民通。
千年热血传心底,一片沧桑入眼中。
遗迹犹存人眺望,烟尘化作晚霞红。

王晓黎

鸭水河铁雀关采风得韵

幽幽铁雀关,似锁锁燕山。
一勇城头喝,千夫脚下残。
河边寻史迹,隘口话桑田。
霸气依如在,人间已变天。

宫 燕

北齐长城怀古

铁雀幽幽探古风,鸭河滚滚访齐城。
腾云驾雾龙临海,浴火涅槃凤再生。
冷月相陪千载梦,暖阳共庆国复兴。
回眸静看来时路,跃马金戈唱大风。